人物叢書

新装版

滝沢馬琴《たきざわばきん》

麻生磯次

日本歴史学会編集

吉川弘文館

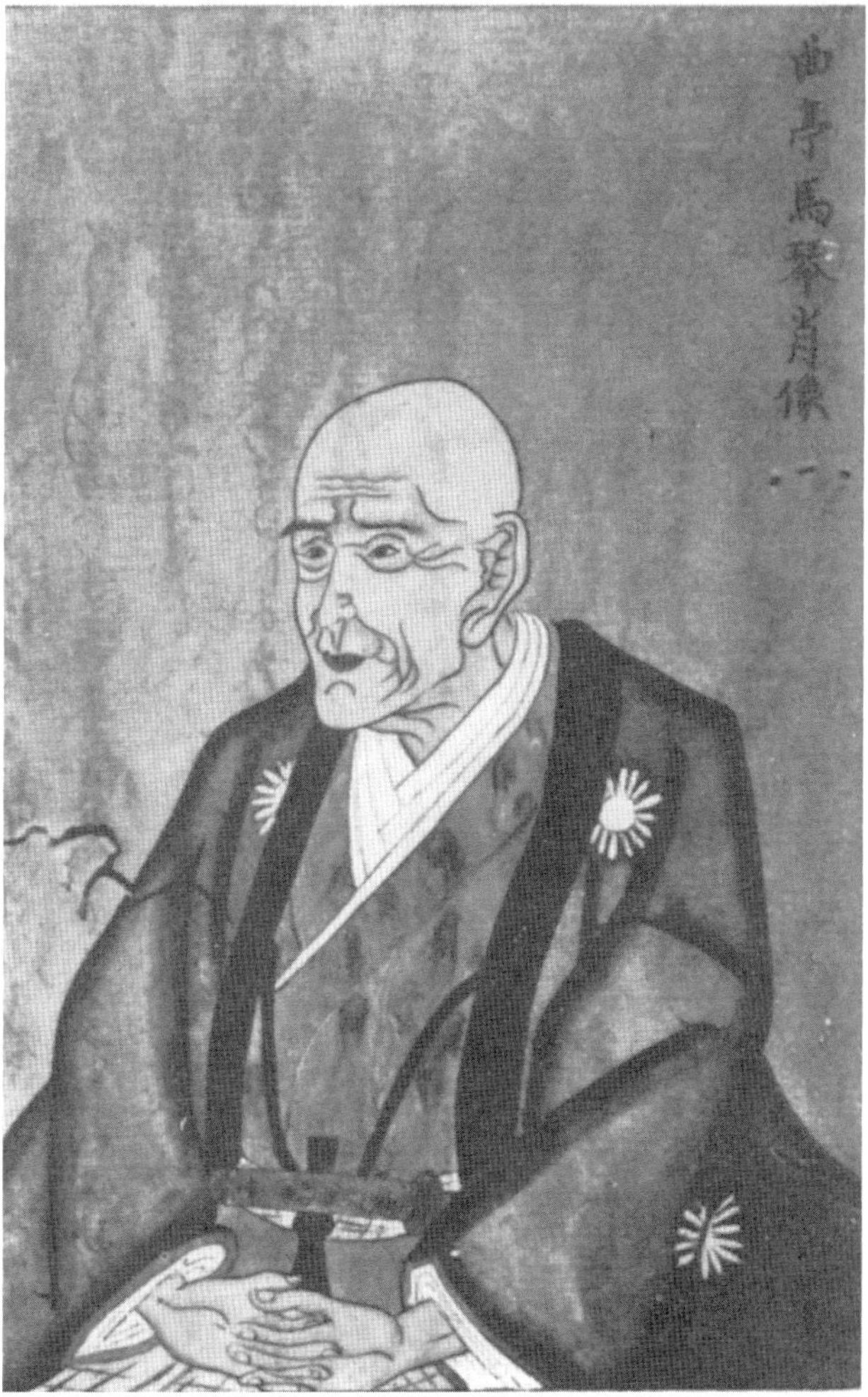

滝沢馬琴肖像（『戯作六歌撰』）
（東京大学国文学研究室蔵）

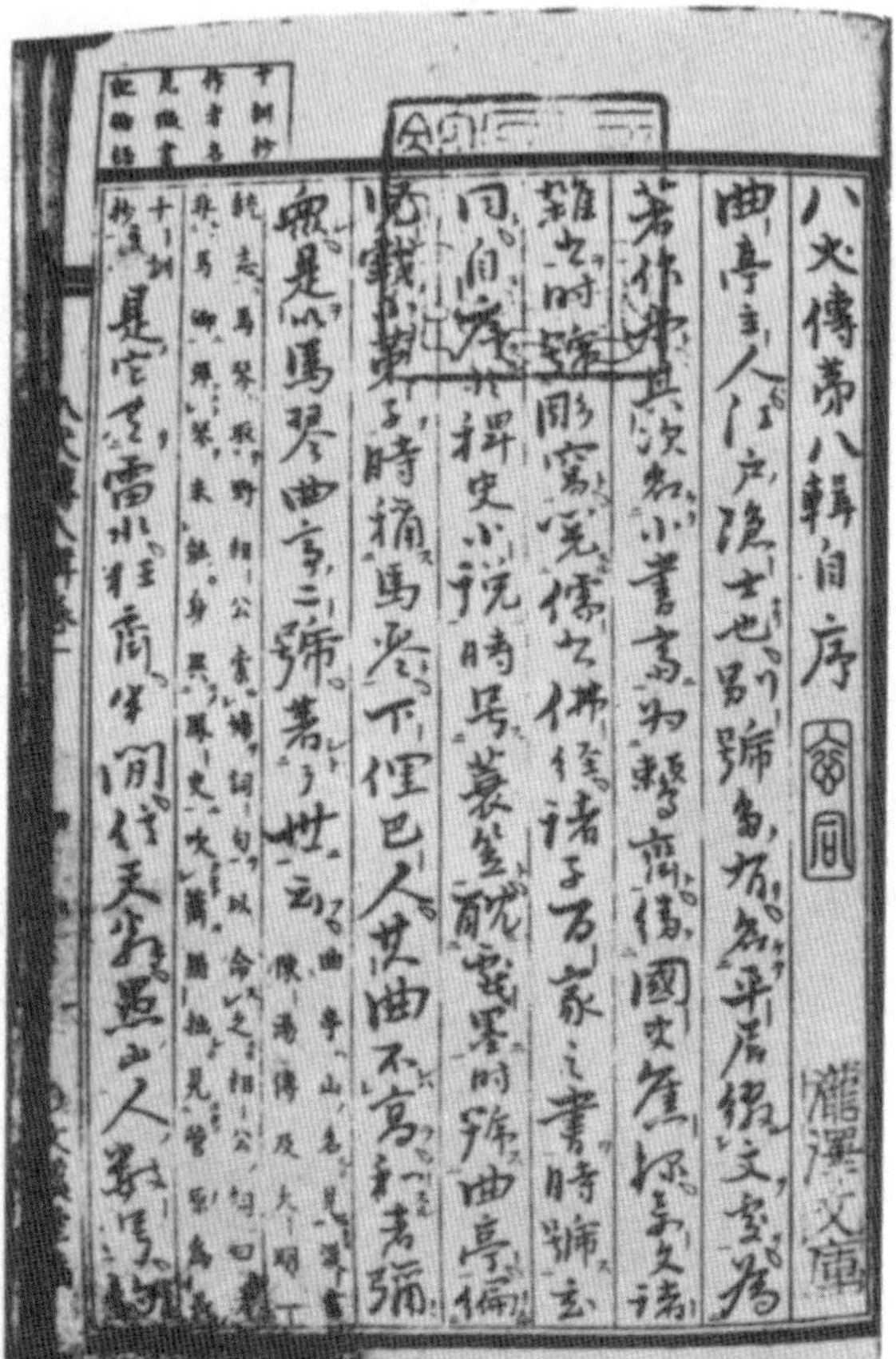

滝沢馬琴手沢　南総里見八犬伝　第八輯の序

（早稲田大学図書館蔵）

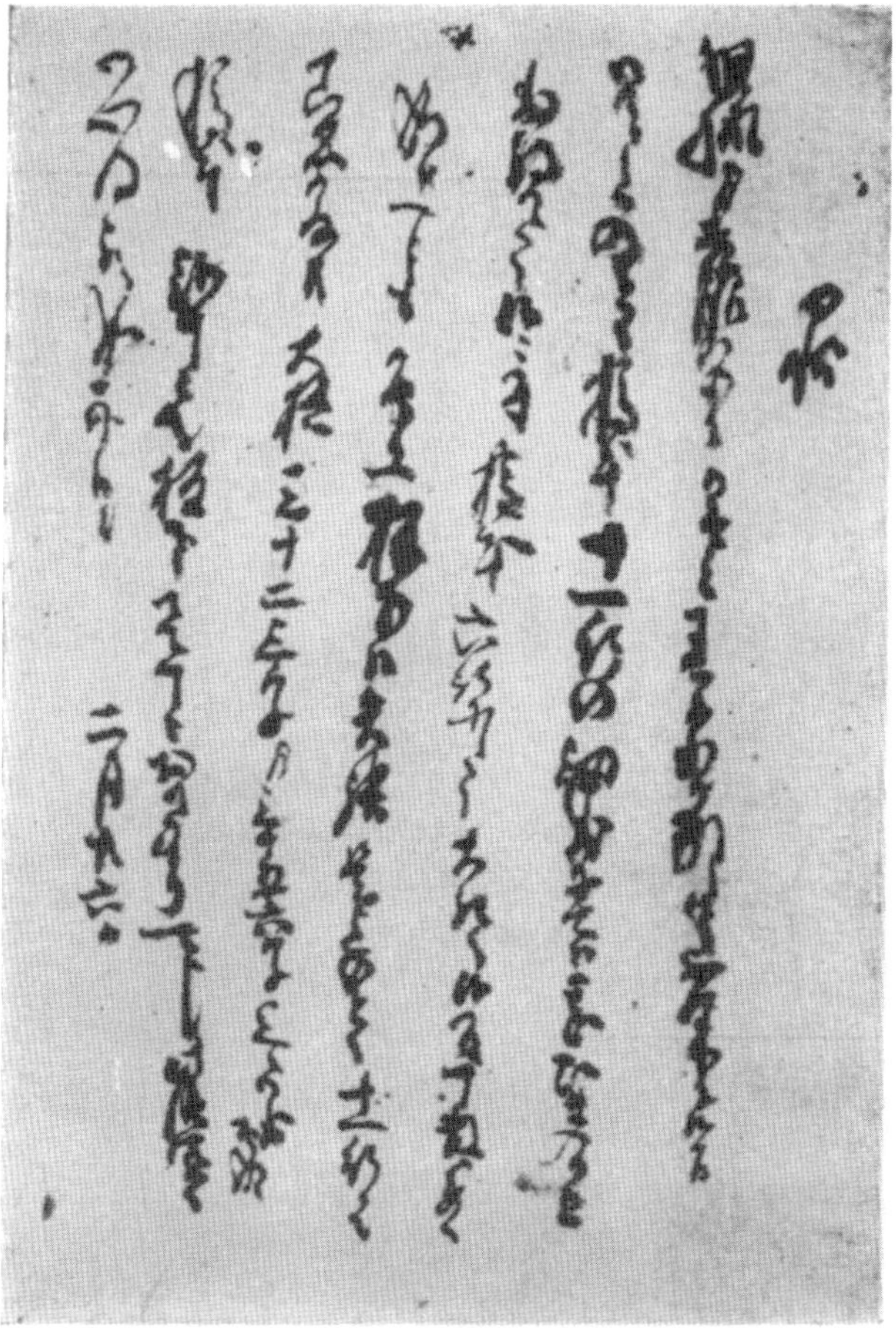

滝沢馬琴自筆　南総里見八犬伝　口状

（東京，安田善次郎氏旧蔵）

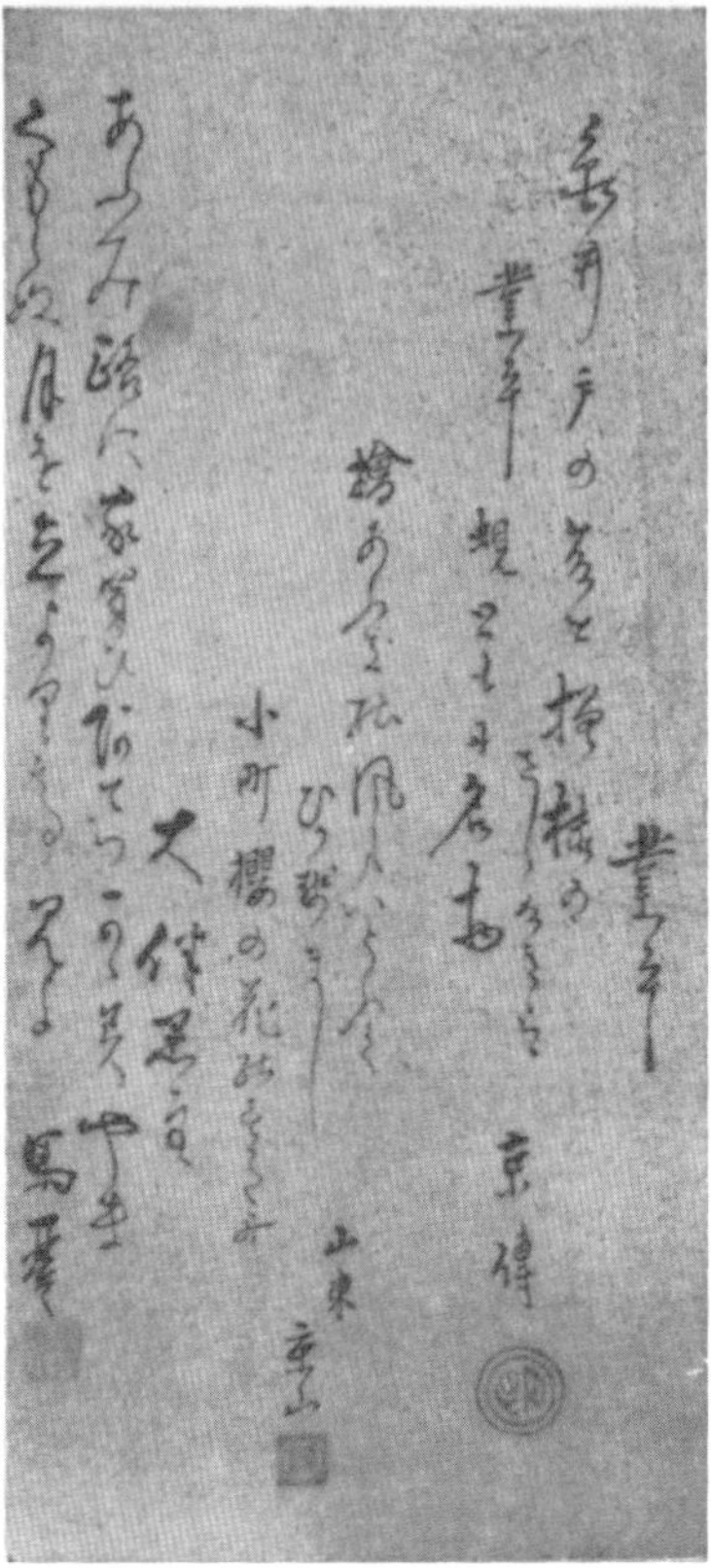

滝沢馬琴の筆蹟（六歌仙の狂歌、部分、麻生家蔵）

あふみ路に家買ひあてつかがみやま
くもらぬ月を立よりて見よ

大伴黒主

（なお、右がわの二つは次のとおり）

馬琴

業平

亀井戸の藤を模様のさしぬきは
業平蜆　ともに名物

京伝

檜あふぎの風もいとふてひかせまじ
小町桜の花のすがたに

山東京山

滝沢馬琴の筆蹟（色紙、麻生家蔵）

箱根八里上《る》レ流《して》レ汗《を》。
騎馬越来《る》行路安《し》。
却《かえって》懼《おそる》昨今皐月《さつき》雨《の》。
明朝《は》大井水漫々《まんまん》。

馬琴

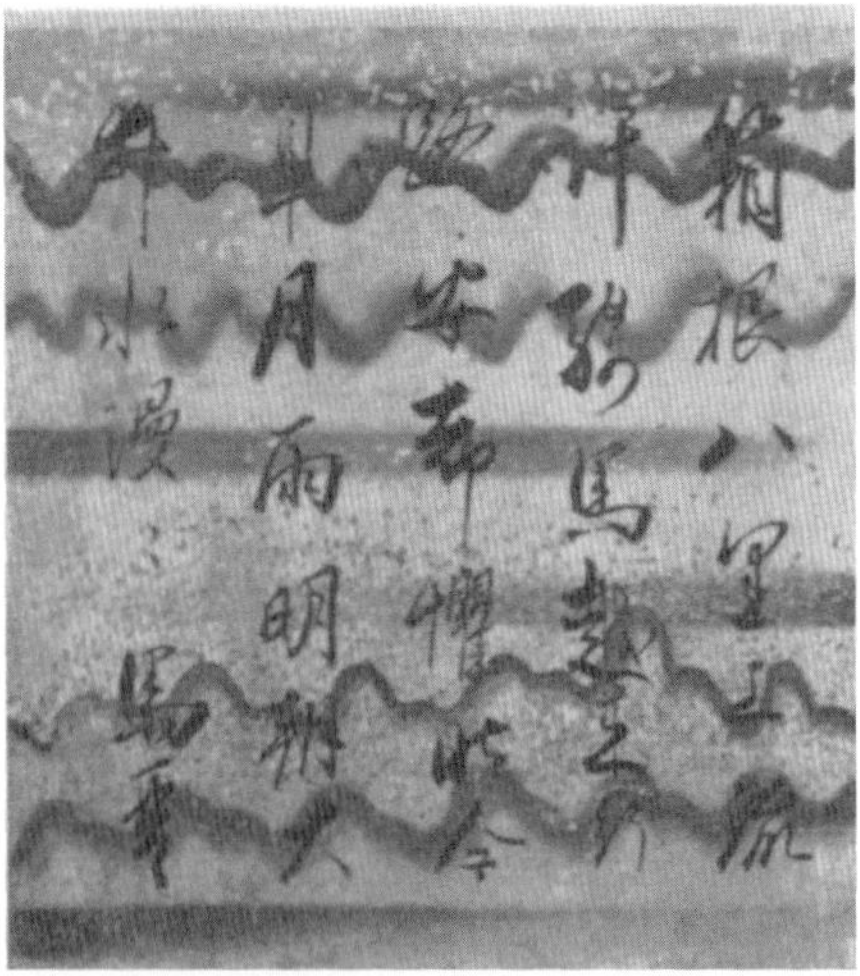

はしがき

今では原稿を書いて、りっぱな生活をたてている人が少なくないが、江戸時代はそうはいかなかった。京伝は作者志望の馬琴に向かって、「戯作《げさく》などを書いていては、とても歯の黒い女房を養うことができないから、どこかへ奉公でもして、身を固めたらよかろう」とすすめた。京伝は一方では手堅い店を経営しながら、片手間に戯作を書いていたのである。当時はそういう作家が多かった。

ところが馬琴は一管の筆によって、生計を支えた作家である。売薬代や家守給《いえもりきゆう》などの雑収入もあったが、それは些細なもので、滝沢家の生活は大体原稿料をあてにしていた。贅沢《ぜいたく》な暮らしではなかったが、一通りの体面を保つくらいのことはできた。馬琴は、ものを書いて人並の生活をした最初の作家であるといってよいのである。

だが、筆一本で暮らしをたてた馬琴の苦労は一通りではなかった。八十二歳でこの世を去るまで、ほとんど六十年近くも筆を握りしめ、盲目になっても、媳《よめ》のお路《みち》を相手にして、稿を続けなければならなかった。人に会うことを嫌い、出不精《でぶしょう》であった彼は、終日書斎に閉じこもって、本を読むか、筆を執るかして、生涯を過ごしたのである。

馬琴は芸術的に必ずしも恵まれた作家ではなかった。武士の家に生まれ、武家奉公をしているうちに、その生活がいやになり、やむをえず戯作《げさく》仲間に身を投じたような人である。自分の職業については、さんざんに迷い、医者・儒者・狂歌師・俳諧師などと、いろいろ志を変えてみたが、いずれものにならず、生業に就こうにも一紙半銭の貯えもない、万策尽きた結果、子供の頃から身につけた雑学で身を立てようとしたのである。

素質の乏しいものは、努力以外に伸びる道はない。馬琴は自分の短所をよく知っていた。才気にまかせて、軽妙に書きなぐるなどということは、自分の柄ではない。そこで広く和漢の典籍を捜《さぐ》り、尨大《ぼうだい》な資料を集めて、すばらしい建築でもするような心構えで、筋書を考え、構想を練っていったのである。

拮据《きっきょ》経営の努力の跡はすばらしかった。著作はおびただしい数に上った。黄表紙《きびょうし》・合巻《ごうかん》・読本《よみほん》だけでも二百部にあまり、その中には九十八巻百六冊に及ぶ『南総里見八犬伝』をはじめとして、長篇大作が少なくない。『八犬伝』は、「我を知る者はそれ八犬伝か」といっているくらいに、精魂を傾けた作であって、前後二十八年の歳月を費している。その精進《しょうじん》努力と辛抱強さは、全く敬服のほかはない。

家庭の情況は必ずしも好調ではなかった。妻のお百は、すが目で容貌も醜《みにく》く、無学で愚痴《ぐち》っぽい女であった。馬琴は生涯この女のために悩まされた。忰《せがれ》の宗伯は、苦心して医者に仕立て上げたものの、多病で人の脈をとるどころではなく、始終癇《かん》をおこして、母や妻のお路と衝突していた。こうして滝沢家にはいわゆる「内乱」がおこり、そのたびに馬琴を苦しめたのである。自分の生存中はどうにかなるにしても、一家の前途を考えると、まことに暗澹《あんたん》たるものがある。年は老い、眼は衰えても、晏如《あんじょ》としているわけにはいかない。そういう焦慮《しょうりょ》が馬琴の心をふるいたたせ、超人的な業績をなしとげさせたのである。

かように悪戦苦闘を続けながら、著述に生きぬいた馬琴の風貌を描いて見ようと思って、筆を執ったのが本書である。資料としては彼の日記や書簡や随筆など、つまり彼自身の告白と、自叙伝的記録を拠りどころにし、なお当時の随筆類を参照して、記述の正確を期した。

しかし資料をただ羅列《られつ》しただけではなく、その内面に食い入って、ある程度の解釈を試みている。資料に対して主観的な判断を加えるのは危険なことであるが、作家の精神的な肖像を浮彫りにするためには、ある程度の解釈は当然許されなければならず、むしろ必要なことであると思う。

昭和三十四年八月十日

麻生磯次

目次

口絵

挿図

一　作家として世に出るまで

幼年時代の一家の状態

武士の子として生まれた馬琴《ばきん》は、将来作家になろうなどとは夢にも思っていなかったし、父親もりっぱな侍《さむらい》に仕立てようとして、その訓練を怠らなかった。それがいつの間にか武士を思いきって、戯作者《げさくしゃ》仲間に身を投ずることになった。それは運命のいたずらともいうべきものであろうが、そうなるべき必然的な理由も考えられないことはない。戯作者として世に出るまでの経路を、まずたずねて見よう。

馬琴が生れたのは、明和四年(一七六七)六月九日で、今から約二百年ほど前のことであるが、その生まれた家は、江戸深川の海辺橋の東にあった松平信成の屋敷内にあった。松平家は滝沢《たきざわ》家代々の主家で、馬琴の父の興義《おきよし》もその屋敷内で生まれた。

馬琴は幼名を倉蔵《くらぞう》といった。その後左七ともいわれ、十九か二十ころになると左七を左五郎と改めたようである。

馬琴の生まれたころの滝沢家の経済状態はどうかというと、裕福な家庭ではなかったが、その日の暮らしに困るという状態ではなかった。ただ主家の松平家がわずか千石にすぎなかったので、滝沢家の俸禄も多かろうはずがなかった。小禄ではあったが、とにかく家臣の筆頭にすえられていたので、相当格式もあり、下女を二人もつかい、料理番には彦四郎という僕《しもべ》もいた。馬琴の生まれた頃の一家の状態は、諸書に伝えるように、決して不如意なものではなかった。武家の子弟として、何不自由なく、その幼年時代を過ごすことができたのである。

武士的訓練

父の興義は小祿ではあるが、松平家をきりもりするほどの人物であって、気象もすぐれ、武芸にも秀でていた。それで馬琴兄弟も、厳格な武士的訓練をうけた。

『吾仏《わがほとけ》の記』で馬琴はこういっている。

不肖が六七歳になりしとき、常に誨《おしえ》給ひしは、よに武士といはれんものは、縦《たとえ》忍びがたき事ありとも、痛し苦しなどいふは恥なり、今よりよく小耳に挾《はさ》みて忘るなとぞ示し給ふ。

松平家の屋敷の東隅に、周囲一町ほどの池があって、池の辰巳《たつみ》に稲荷の祠《ほこら》がまつってあった。父の興義は、夜がふけてから、子供たちをそこにやって、絵馬でも幣束《ぬさたば》でも、とにかくしるしになるものを持って参れと、厳重に申し渡すのであった。うまくそれをやりとげると、父の機嫌《きげん》は大へんよかったが、少しでも臆する様子が見えると、容赦なく折檻《せっかん》された。

父の人柄

この父は事務的な才能があって、悪臣に荒らされた跡の、松平家の財政を建て直した功臣である。微塵《みじん》も曲ったことがきらいで、賄賂《わいろ》などをもってくる人があっても、手に触れようともしなかった。まるまるとふとった犬を飼って、かわいがっていたが、猫はひどくいやがっていた。磊落《らいらく》なようで、惻隠《そくいん》の心に富んでいた。下女などが病気になると、その容態を尋ねて、手ずから薬餌《やくじ》をすすめるという風であった。酒が好きで、お客があると必ず酒が出た。大きな顔を真赤にほころばして、杯を手にしている父の姿が、いつまでも馬琴の目に残っていた。

　馬琴はこの父から剛情我慢な気象をうけついだ。小さいころから大へんな腕白《わんぱく》者《もの》で、剛腹《ごうふく》な父も、自分の子ではないとつぶやいたくらいに、ほとほともてあました。また母は臨終に際して、他の子供たちは素直で、よくいう事を聞いてくれるが、左七（馬琴）だけはしぶとくて、兄を兄とも思わない風がある、これからは慎しんで、兄弟仲よくするがよい、とねんごろに教訓したということを、馬琴は『吾仏の記』に書いている。

　腕白児ではあったが、人なみより記憶がよかった。母親の物語る浄瑠璃や、草《くさ》双紙《ぞうし》などの筋をそらんじ、文字を早くから覚えて、双紙などを拾い読みして楽しんだということである。後年馬琴が、越後の鈴木牧之《ぼくし》に与えた書の中に、

不佞《ふねい》は自得の俳諧にて、師というものはなし、七歳の春、鶯のはつねに眠る座頭かな、
と口ずさみ候、此時は父在世の日にて、殊にほめられ候を覚居候。

とあるが、その記憶に誤がないとすれば、文学的にかなり早熟であったといえる。『いはでもの記』に、三井親和の高弟で、深川八幡一の鳥居辺に住んでいた小柴長雄の門に学んだとあるが、早くから神童といわれていたようである。

父の死と一家の離散

だが、父母の膝下《しっか》に不自由のない生活をする日も、そう長くは続かなかった。馬琴が九つの時に、父の興義は突然病いに倒れた。酒がわざわいしたということであった。滝沢一家は忽ち悲境におちいった。長兄の興旨《おきむね》がとりあえず家督を相続したが、十七歳の弱年であったために、給祿はひどく減ぜられた。もう下女、下男などを抱えておく余裕はなかった。なお悪いことには、翌年になって、一家をとにかく支えていた兄が松平家を去ってしまった。幸いに主命によって馬琴が家督をつぐことになり、信成の孫八十五郎《やそごろう》の相手に選び出されたが、与えられた

ものは、鼻紙料として金三両二分と、月俸二口《こう》(二人扶持)だけであった。それと同時に、父の旧宅は召し上げられ、その代りにわずかに膝を入れるだけの宿所があてがわれた。

主家を脱走

主家を飛び出した長兄の興旨は、安永七年に戸田大学忠誠《ただもと》に仕えることになった。母はその監督かたがた、娘の蘭と菊を連れて、戸田家の邸内に引移って行った。馬琴はひとりぼっちになって、深川の小屋にふみとどまっていたが、何としても衣食が不便である。そこで宿舎を返上して、邸内の遠侍《とおざむらい》(俗に次というところ)に起臥することにした。こうしてどうやら少なくとも表面は無難な日が続いた。その間に浄瑠璃《じょうるり》や草双紙などを読みふけり、好きな俳諧の道にも、時々手を染めていた。

このままでおとなしく勤めてさえ居れば、いつかは一人前の武士に取立てられるかも知れない。作家として世に立とうなどとは、夢にも考えていなかった彼は、そういう時期の来るのを、心ひそかに期待していた。だが、自分がその相手として選ばれた八十五郎の御機嫌をとるのは、何としても堪えがたいことであった。この八十五郎については、後に馬琴が『吾仏の記』で、こういう風に説明している。

長病放心によりて、家督に立られず、生涯娶《めと》らず閑居して、文化十四年(一八一七)丁丑《ていちゆう》夏四月晦日《みそか》に卒す、享年五十歳。

身体が弱く、その上低能でもあった。早熟で怜悧《れいり》で我儘な馬琴は、頭が弱くききわけのない幼君を相手に、このままずうっと暮らすかと思うと、たまらないような気がしたのである。

それに松平家の滝沢一家に対する仕打ちは、必ずしも好意のあるものではなかった。父の興義も一度は主家を出たこともあったし、兄の興旨はとうとう出奔してしまった。放浪癖は滝沢家につきまとう宿命のようなものであったかも知れない。しかし松平家のやり方にも非はあった。

馬琴は子供心にも何か居たたまれないような気がしていた。母や兄から離れて、自由に放任されていたことが、一そうその放縦《ほうしょう》な心をかりたてた。愚かな主君を相手にしているくらいなら、自由な境涯を求めて、浮浪して歩いた方が、どんなにせいせいするかも知れない。自分の住いにあてられた遠侍には、幸い誰もいなかった。彼は筆にたっぷり墨をふくませて、

木がらしに思いたちたり神の供

という句を障子に書いた。そして大急ぎで身の廻りのものを風呂敷に包んで、累代の主家を飛び出してしまった。安永九年(一七八〇)十月十四日、馬琴十四歳の冬のことであった。

当時戸田家に仕えていた直次郎興旨は、弟の脱走を知って胸を痛め、これを迎え取って、しばらく養いおくことにした。そして翌年天明元年の冬には徒士《かち》として戸田家に仕えさせることにした。

彼は卑職に甘んずるつもりはなく、従ってその職に熱心であるはずはなかった。彼はできるだけの時間を利用して、好きな俳諧をたしなみ、また手に触れるままに和漢の書を濫読《らんどく》した。天明七年(一七八七)に彼が編纂した『俳諧古文庫』には、十五歳の作という「弔鶯《うぐいすをとむろう》の辞」をのせている。なおその頃よみすてた発句なども多少伝わっている。

こうして馬琴は母や兄に強《し》いられるままに、いやいやながら十五歳の冬(天明元年)から十八歳の三月まで約二年半ほど戸田家に仕えていた。『俳諧古文庫』の列伝の中に、

撰者馬琴《ハ》武州江戸ノ産也、嘗号《ス》㆓亭々亭㆒《ト》、名興邦《ハ》、字子翼《ハ》、又号㆓鳥水㆒、好《ミ》㆓風雅㆒《ヲ》而著《ス》㆓俳諧古文庫㆒《ヲ》

とある。戸田氏仕官時代に元服して興邦と名のり、また亭々亭などの雅号を用いていたものと思われる。また狂名を山梁貫淵《やまやなぬきぶち》といって、狂歌に指を染めたのもそ

の頃であろう。

天明四年（一七八四）三月、馬琴はとうとう戸田家を辞し、兄の手を離れて市中に放浪する身となった。『吾仏の記』には、その間の消息が伝えられている。

その卑職を嫌ふにより行状を脩《おさ》めざりしかは、伯兄《はくけい》（長兄）おそれて、予が為に又主君に請申て禄を返しまゐらせたり。

理想の高い馬琴は、はじめから徒士などという卑しい仕事に満足できず、わざと放縦な態度に出たものと思われる。温厚な長兄もさすがに手のつけようがなく、禍の一家に及ぼすことを恐れて、弟の罷免《ひめん》を主君に乞うたのである。それは馬琴にとってはむしろ本望であった。母や兄から完全に解放されて、自由な希望をいだいて市中にさすらい出たのである。

母の病死

翌天明五年の春頃から、馬琴の母お門は、脹満《ちょうまん》の病いで臥床《がしょう》の身となった。その頃長兄の直次郎興旨は戸田忠諏《ただもと》に従って、甲府に在勤していた。高井土佐守に仕えて飯田町九段坂に住んでいた次兄の清次郎興春は、母の病いが容易でないことを知って、早速飛脚を出して兄のもとにその旨を報じた。上京した興旨は、母の看護のためにはやむを得ず、戸田家をやめて出府した。そしてとりあえず興春の居所に母を移して、兄弟心を合わせて看病に当った。

母の病いは日に日に重るばかりであった。六月になって暑さが加わるにつれ、もう起き上ることもできないほど衰弱を加えて行った。戸田大炊頭《おおいのかみ》の奥女中に出ていたお蘭も帰って来、妹娘のお菊も小さい胸を痛めながら、母の枕頭《ちんとう》を看まもっていた。子供たちの中で居ないのは馬琴だけである。

彼はその時はもう十九歳になっていた。広い江戸もこの気儘な風来坊《ふうらいぼう》を歓迎してはくれなかった。折々近郷にも出て、何かよい仕事もあればと、さまよい歩いていた。母が春頃から病床についているということは、もとより知るはずがなかった。

母の人柄

母の病いがつのるにつれて、兄弟達はどうにかして馬琴にそのことを知らせたいと思った。長兄は弟が江戸に帰っているということをふと耳にして、ようやく探し出して、母の枕許《もと》につれて来た。さすがに馬琴も驚いた。母はすっかり衰弱していた。彼は兄や妹とともに神妙に母の看護に手を尽くしたが、その甲斐もなく、六月の二十七日に目をつぶってしまった。さんざん親たちの手を焼かせた馬琴は、子供たちの中でも、母にとっては一番気がかりな息子であった。

母のお門は、苦労をしに、この世に生まれて来たような女であった。父の吉尾《よしお》門左衛門は細川利昌《としまさ》の家来であったが、寛延（一七四八―五〇）の初めに浪人し、一家は赤貧《せきひん》洗うような有様であった。お門は叔父の松沢権左衛門のもとに引取られたが、間もなく親類の松沢文九郎の養女となって、そこで成長した。そして一時文九郎の養嗣《ようし》になった馬琴の父にめあわされたのである。

彼女は気丈な女で、また情深いところがあった。零落した親戚の面倒などをよく見ていた。意志が強く、正しいと思ったことは、どこまでも貫こうとする風があった。目前のことよりも、遠いさきのことをいつも考えていた。夫の死歿した時には、十七をかしらに五人の子供があり、給祿はひどく減ぜられて、忽ち糊口《ここう》にも窮したのであるが、困苦とよく戦って子女を養育して来た。四十八歳でこの世を終るまでの十年間の苦労は、並大抵ではなかったのである。

そういう苦しい生活を続けながら、お門の心掛は常人とは違っていた。臨終の際《きわ》に、秘蔵していた二十二両の金を長男の前に出して、これを子供たちにかたみ分けするようにといった。二十二両といえば大金である。子供たちは母の思慮深いのに驚き、また感謝した。母の意志に反して勝手気ままな生活をしていた馬琴は、今更のように母の大きな恵みに頭を垂れるばかりであった。

馬琴はその父から剛毅《ごうき》な気象を伝えられ、この母から思慮分別と辛抱強さを与えられた。遠く血筋をたどれば、慓悍《ひょうかん》な坂東武者《ばんどうむしゃ》の血が流れており、家門を調べてみると、かなり由緒正しいものがあった。こういう自覚が、結局作家に身を投ぜしめたのであるが、作家になっても卑俗な戯作者たちを尊大に見下《くだ》していた。家庭的な煩雑に悩まされながら、屈せずたゆまずに労作に没頭したのも、父母から恵まれた素質のいたすところであった。『著作堂雑記』で彼はこういう述懐をもらしている。

壬午《じんご》卯《う》月《づき》十四日の朝、いさゝか思ふ事あり、なき親のなつかしければよめる

うちむかう鏡に親のしたはしきわが顔ながらかたみとおもへば

流浪生活

馬琴の流浪生活は、十四歳の時、「木がらしに思ひたちたり神の供」の句を残して、松平家を去った安永九年(一七八〇)十月十四日からはじまり、寛政五年(一七九三)二十七歳の時、飯田町の下駄屋に入聟になるまで続いた。その十四年の間、転々として居所をかえ、ほとんど席の暖まる暇がなかった。その間の消息は、諸書を綜合してみると、大体次表のごときものになる。

安永九年　十四歳　十月　松平家ヲ出奔ス
天明元年　十五歳
同　二年　十六歳　浜町稲荷堀ノ戸田家ノ邸中ニ住ス（約三年半）
同　三年　十七歳
同　四年　十八歳　三月　市中ヲ放浪ス（約一年三ヶ月）
同　五年　十九歳　六月　九段坂ノ仲兄ノ宿所ニアリ（約一ヶ月）
　　　　　　　　　十月　本所林町ノ叔父ノ宿所ニアリ（約三ヶ月）
同　六年　二十歳　三月　赤坂ノ水谷家ノ邸中ニアリ（約六ヶ月）
同　七年　二十一歳　冬　雉子橋ノ小笠原家ノ邸中ニアリ（約一年七ヶ月）
同　八年　二十二歳　冬　桜田ノ有馬家ノ邸中ニアリ（約一年）
寛政元年　二十三歳　春　長兄ノ許ニテ病ヲ養ウ（約二、三ヶ月）
　　　　　　　　　秋頃京伝訪問ノ際ハ既ニ深川ニ住セリ
同　二年　二十四歳　深川櫓下（仲町トモ）住居（約一年カ）神奈川行（約二ヶ月）
同　三年　二十五歳　京伝方食客
同　四年　二十六歳　蔦重方手代（約一年半）
同　五年　二十七歳　七月　会田氏ニ入婿

天明五年六月に、母が死んでから、長兄の直次郎は妹をつれて、叔父の田原忠興の宿所（本所林町）に寄寓《きぐう》することになり、馬琴も連れ立って行った。だが、富裕でもない叔父のもとに、そう長く厄介《やっかい》にもなれない。そこで長兄の直次郎はその年の十月に、山口家に仕え、元飯田町堀留の邸中に移って行った。次兄の清次郎は主君死去のために、九月高井家を辞して、水谷信濃守に仕え、赤坂の邸内に住んでいたが、馬琴の流浪の身をあわれみ、中扈従《ちゅうこしょう》として水谷家に仕えさせ、同じ邸内に起臥させることにした。

こうして馬琴は再び祿を食《は》む身となったが、野心の多い彼は卑職に甘んずることができず、その尻は落着かなかった。水谷家には半年ほど居って、翌天明六年三月には小笠原家（上総介政久）に仕え、雉子橋外の邸内に居を移した。『兎園《とえん》小説』には、天明七年（一七八七）五月に起った米騒動のことがしるされているが、その中に、当時某侯に仕えて、切米《きりまい》の外月俵わづかに三口《こう》をうけたり。

とあるが、某侯とは小笠原家をさしたものと思われる。そこには一年半ほどの辛抱で、その年の冬には桜田の有馬家に転じた。そこにも一年ほどいたが、翌天明八年の冬、重病にかかり、仕を辞して、翌春病怠《おこた》るまで兄の世話になった。

馬琴がこうして度々主をかえた理由は明らかではないが、おそらく傲慢《ごうまん》なその性格と、不遜な野望とが、そうさせたものと思われる。世襲制度や階級制度の厳重な時代に、武士として一躍出世することは、ほとんど不可能に近い。怜悧な馬琴はそのことをよく知っていた。それに彼は武士として暮らすよりも、俳諧や狂歌の方面で名をあげようと考えていた。子供の頃から俳諧が好きで、その才能は師の吾山《ござん》にも認められ、兄達も一目おいていた。俳諧師としてなら世に立てるかも知れないと、馬琴は自惚《うぬぼ》れていた。彼が『風俗文選』にならって、『俳諧古文庫』を編纂したのは、天明七年四月、二十一歳の時である。その冒頭《ぼうとう》に作者の略伝を掲げ、選者馬琴の条下に、「好ンデ二風雅ヲ一而著ス二俳諧古文庫ヲ一」などと麗々しく書いたりした。とにかくこの書は、彼の著述生活の出発点をなすものとして意義深いものがある。

だが、俳諧で飯を食うことは、実際問題としてなかなか容易なことではない。それに自分が重病にかかってみると、医術の有難さが身にしみて感ぜられる。俳諧よりも医道の方が実際的だ。彼は医者になろうと決心した。『蜘蛛《くも》の糸巻』に馬琴の略伝を述べて、

元武家浪人にて医者の内弟子となり、滝沢宗仙と改めしかども、医の方を追出され、

とある。また『燕石《えんせき》雑志』に、

百草のあたま数なり蕗《ふき》のたう

という兄羅文（直次郎）の句をかかげているが、これは馬琴が医道に入ったのを祝った句であると思われる。とにかく彼が山本宗洪《そうこう》という医師の門を叩《たた》いて、内弟

子にしてもらい、名前を滝沢宗仙と改めたことは事実である。

しかしそこにも長くとどまることができなかった。それから亀田鵬斎《ほうさい》に従って、儒学を学んでみたり、石川五老に就いて狂歌師になろうともした。しかし結局どの方面もものにならなかった。身体が大きいので角力《すもう》取りになったらと、人にすすめられたこともあったが、さすがにその気にもなれなかった。しかし食うためには何かしなければならない。そこでとりあえず生れた土地の深川櫓《やぐら》下に、ささやかな住居をかりて、書賈《しょか》のために筆耕《ひっこう》をして、かすかな生活をたてることにした。

職業に迷う

馬琴は自分の職業について、さんざんに迷った。侍・医者・儒者・狂歌師・俳諧師というように、いろいろ志を変えて見たが、いずれも失敗した。生業に就こうにも一紙半銭のたくわえもない。ただその身についたものは、子供の頃から乱読して得た雑多な知識だけであった。彼は万策つきた結果、その雑学を活用して身を立てようとしたのである。

京伝に入門を乞う

寛政二年(一七九〇)の秋といえば、馬琴はもう二十四歳になっていた。その頃戯作者の第一人者として、山東《さんとう》京伝の名はあまねく知られていた。彼は酒一樽をたずさえてその門を叩き、弟子入を乞うたのである。馬琴の『いはでもの記』、京山の『蜘蛛の糸巻』、筆者不詳の『蛙鳴《あめい》秘鈔』(『帝国文庫』十三巻所収)に、その間の消息を伝えている。

此年(寛政二年)の秋、馬琴はじめて京伝に逢ふ、一見して旧知己《ちき》の如し、其好む所同じければなり。(『いはでもの記』)

曲亭馬琴は寛政の初、家兄の許へ、酒一樽持ちて始めて来り、門人になりたき由をいふ、所を聞けば深川仲町の裏家に独り住むよしをいふ。(『蜘蛛の糸巻』)

深川櫓下たと云処の裏に独居の時、一日一樽を携て京伝へ訪ひ、(『蛙鳴秘鈔』)

京伝は紹介状も持たぬ無名の青年にあうつもりはなかったが、その熱心にほだ

山東京伝肖像（『戯作六家撰』所載）

されて、つい二階に通してしまった。

馬琴は戯作者を希望するに至った径路をこまごまと語った。見るからに頑丈な頼もしそうな青年で、その目は熱意にかがやいていた。京伝は、

草雙紙を書くなどということは、他に商売があって、慰み半分にすべきものだ。普通の学問とは違って、戯作は教えようとしても教えられるものではない。自分もそうだが、昔から戯作者で師匠を取ったためしはない。（『蜘蛛の糸巻』に拠る）

といって、弟子入を断った。しかしこれからは心安く話に来るがよい、また書い

たものでもあるなら、見てやろうといって、かえしたということである。

なお『蛙鳴秘鈔』によると、京伝は初対面の馬琴に馳走をしてかえしたあとで、弟の京山にむかい、「今の男は少々見どころがある。なかなか才気をもっている。今度来たら、留守をつかわないで、二階に通してくれ」といったということである。その頃は京伝の名をしたって、無用に訪問する者が少なくなかったので、彼はなるべく知らない人には会わないようにしていた。馬琴の場合は全く例外であった。最初の印象がよかったのである。戯作道に入ろうとして、希望にもえていた馬琴の風貌が、京伝には好もしく思えたのであろう。

京伝の知遇を得たことは、馬琴にとっては大きな喜びであった。弟子という名目は許されなかったにしても、京伝の名声を背景にして、何かすばらしい仕事ができそうな気がした。

ちょうどその年深川の永代寺で、弁財天の開帳があって、壬生《みぶ》狂言の観物《みせもの》が大評判であった。馬琴はそれを当てこんで何か書いて見ようと思った。俳文ならば書いたこともあるが、戯作ははじめてである。何度も稿をかえて、ようやく作品らしいものにまとめあげた。趣向もばらばらで、文章も硬《かた》かったが、処女作でもあるし、この程度ならまあ出してもよかろうと京伝も承認して、出版の斡旋《あっせん》をした。深川に住んでいるなら、富ケ岡八幡宮別当の山号を取って、大栄山人と名のるがよかろう、それに文字もめでたいからと、戯号までも選んでやった。

この作は翌寛政三年の春、「廿日余四十両尽用而《つかいはたして》二分狂言」の標題で、芝の和泉屋市兵衛から出版された。すぐれた作ではなかったが、際物《きわもの》でもあったし、京伝の名を借りたために、多少は世間に行われた。

山東庵に出入を許されてから、馬琴はたびたびその家を訪問した。二三日逗留《とうりゅう》することもあった。夕方になると書斎の燈火をつけてやったり、夜中にお茶をいれて、何か書いている京伝のもとに運んだりした（『蛙鳴秘鈔』に拠る）。徒士《かち》奉公をしていう頃は、なかなか人のいうことを聞こうとしなかったが、年を重ねたためでもあろう、それに戯作で世に立とうと決心した彼の目には、京伝の存在はかなり大きく写っていた。傲慢《ごうまん》な彼にしては珍らしく神妙であった。

処女作が多少行われたにしても、戯作を糊口《ここう》の種にするほどの見通しはついていなかった。一年あまり山東庵に出入していたが、京伝もあたら若者が、あてどもなく暮らしているのが、心配になってきた。そこである日馬琴に向って、「戯作者となっては、とても歯の黒い女房を養うことはできない。どこかへ奉公したらどうか」とすすめた。馬琴は、「人に召し使われるのはいやですから、いっそのこと太鼓持か講釈師にでもなろうと思います」といって、さっそく『伊達記』の一席を講じて、京伝を苦笑させた（『蛙鳴秘鈔』による）。

作家として世に立とうとあせりながら、山東庵に出入りしている間にも、馬琴の身辺にはさまざまなことが起った。『蜘蛛の糸巻』によると、ある日の事、馬琴は京伝をおとずれて、「自分は卜筮《ぼくぜい》を少々心得ていますから、神奈川のしるべを頼って、うらないをして、しばらく暮らそうと思います。都合では長逗留するかも知れません」といって、飄然《ひょうぜん》と出て行った。それから六十日あまりおとずれがなかった。

寛政三年(一七九一)には八月六日と九月四日に、深川辺に大洪水があった(『増訂武江年表』)。馬琴の借家もその水に洗われて廃屋同様になってしまった。

京伝の処刑

その年の三月には、京伝の身にも思いがけないことがおこった。『仕懸《しかけ》文庫』『娼妓絹籭《しょうぎきぬふるい》』『青楼昼之世界錦之裏《せいろうひるのせかいにしきのうら》』という洒落本《しゃれほん》を書いたために、町奉行の初《はじ》鹿野《かの》河内守の吟味を受け、五十日の手鎖《てじょう》を申しつけられ、出版元の蔦屋《つたや》重三郎も身上《しんじょう》半減の闕所《けっしょ》となった。

これらの作は、遊里の細かいうがちを試みたもので、今までの作品にくらべて、これが特に淫靡《いんび》であるというわけではなかった。それにもかかわらずこの三書が法に触れたのは、その前年の十一月に、風教に害のある書物の出版を禁止するというお触れが出ていたからであった。もっとも禁止令が出てから、執筆したわけではなく、その年の春ごろからとりかかり、七月には脱稿して、蔦屋に渡しておいたのであった。京伝自身は別に法を犯す考えもなかったのであるが、板元《はんもと》の重三郎はすでに板木のできあがった書を、このまま葬るのは残念に思って、地本《じほん》(江戸の本屋で出す本)問屋行事を訪ねて、その書の点検を乞い、許可を得て発売したのである。もっとも絵袋には教訓読本と書いて、当局の目をくらまそうとした。結局露見して、行事までも追放されたのである。

小心な京伝はお咎《とが》めをうけてから、「深く恐れて是より謹慎第一の人」(『いはでもの記』)となり、洒落本の筆を絶った。手錠御免の後も、心身疲労して筆を執る気力もない有様であったが、書肆に対しては年来の義理があった。洒落本はともかくとして、草雙紙ならばといって、明春出版の原稿をしきりに催促して来る。

強いて断ることもできず、当惑しているところへ、馬琴が神奈川から帰って来た。江戸へ帰っても、深川の住いは水に洗われて、今は住むべきところもない。京伝やその家族たちは見るに見かねて、その寄寓《きぐう》をゆるした。

京伝方へ食客となる

すっかり落魄《らくはく》した馬琴は、わずかに京伝のなさけによって、露命をつなぐことを得たが、性来負けぎらいの彼は、あくまで京伝を朋友扱いにし、その庇護《ひご》をうけたことを秘しかくそうとした。『鼠子《ねずみ》婚礼塵劫《じんごう》記』の序で、京伝が「曲亭某嚮《さき》に予が隠れ里に寓居し、ひとつの皿の油を甞《な》めて友とし善し」と書いたのに対しても、それは京伝が閉居の折、その家に止宿してこれを慰め、かつ草雙紙の代作をしたことをさしたのであると負惜しみをいっている(『作者部類』)。

馬琴は京伝方に居候をしたなどとは決していっていないが、事実は京伝一家が彼の零落《れいらく》した姿に同情して、寄寓をゆるし、衣類などの見苦しいのを、京伝の母が小ざっぱりと仕立直して与えなどして、なさけをかけたようである(『蛙鳴秘鈔』)。

ただ京伝は馬琴の才気を愛し、代作までさせたほどであるから、弟の京山などがいうように、厄介者扱いにされたわけではなく、居候ながらも相当の待遇をうけたものと考えられる。

京伝は処刑後、ひどく恐縮して、「草雙紙の趣向多く教訓を旨」(『いはでもの記』)とすることになったのであるが、馬琴もこの様子を見て、今までの自分の行状を反省した。放浪生活の間に、さんざん親や兄に心配をかけ、随分放埒《ほうらつ》な行動もした。これからは心を入れかえて、著述の生活にはいろうと決心した。後になって、「解《とく》不肖と雖、年二十五の時より志を改めて、行状を慎みつ」と書いているが、解というのは、彼の諱《いみな》である。寛政三年には、馬琴は二十五歳になっていた。

京伝方に寄寓を許されたことは、馬琴にとっては一生の転機であった。『実語教稚講釈《おさなごうしやく》』や『龍宮羶鉢木《なまくさはちのき》』などを代作したのは、その時であった。趣向は京伝で、馬琴はその意をうけて書いたのであるが、作者として世に立つ決心がだんだん固まって行ったのである。

書肆の手代となる

翌寛政四年(一七九二)の春には、京伝にすすめられて、耕書堂(蔦屋《つたや》重三郎)の手代として住みこむことになった。馬琴にしてみれば、人に使われることは本意ではない。主家を飛び出してから、あちこち武家奉公をしたが、どこへ行っても尻が落着かなかった。まして商家の手代になるということは、その自尊心がゆるさなかった。浮世の酸《す》いも甘いも心得ている京伝に、馬琴の気持がわからないはずはなかった。しかし将来作者として世に立つ決心なら、地本《じほん》問屋の内幕を知っておくのも便宜であろうといった。蔦屋の方でも、ただの使用人とは考えずに、著作の便宜を与えるからといって、ねんごろに希望した。いつまでも京伝方に居候しているのも情無いことだし、そうまでいってくれるならと馬琴も決心して、蔦屋に居をうつすことにした。蔦屋も馬琴には一目《いちもく》おいて、普通の使用人とは違った待遇を与えた。彼はそれをよいことにして、朋輩《ほうばい》どももあまりなじまず、暇をぬすんでは書物に親しんでいた。

そして寛政五年七月下旬、飯田町の会田《あいだ》家に入夫《にゅうふ》するまで、蔦屋の手代として俗務にたずさわりながら、かたわら著述に精進した。『花団子食家物語《はなよりだんごくいけものがたり》』『鼠子婚礼塵劫記《ねずみこんれいじんごうき》』『荒山水天狗鼻祖《あれやまみずてんぐのはじまり》』『御茶漬《おちゃずけ》十二因縁』『銘正夢揚柳一腰《めいはまさゆめやなぎのひとこし》』『登坂宝山道《のぼりざか》』などは、手代時代の作と考えられる。『御茶漬十二因縁』を見ると、作者は「馬琴」と明記し、寛政五年の出版になっているが、この年はじめてその著作に独立して曲亭馬琴の名を用いた。『漢書《かんじょ》』に「巴陵《はりよう》曲亭の湯に楽しむ」とあるので曲亭といい、また『十訓抄《じっきんしょう》』に、小野篁《たかむら》の「才馬郷に非ずして、琴を弾くとも能はじ」とあるのを取って、馬琴と号したということである。

二　家長時代（飯田町の生活）

下駄屋へ入夫

馬琴は寛政五年（一七九三）二十七歳の時、飯田町中坂下の下駄商会田《あいだ》氏に入聟になってから、文政七年（一八二四）五十八歳まで、そこに住んでいた。『著作堂雑記』文政七年五月九日の記事に、

寛政五年癸丑《きちゆう》秋七月下旬より俗務につながれしを、事のわづらはしき折には、いく度か棄去らばやと思ひつゝ、さすがに妻子どものほだしとなりて、得果さずして三十二年を経たり。

とあるのは、馬琴がいよいよ隠居して、神田に居を移す際の述懐であった。

飯田町の下駄屋に入聟になった事情については、『蛙《あ》鳴《めい》秘鈔』によると、こういうことになっている。飯田町に伊勢屋という下駄屋があって、娘のお百はもう

飯田町中坂の現況（昭和34年頃）
（左側二軒目あたりが、馬琴の居宅跡。「東京都史跡」の掲示がある）

三十にもなっていた。一度養子をもらったのだが、折合がわるく不縁になって、後釜《あとがま》をさがしていた。蔦屋の主人は伊勢屋と知合で、適当な人もあらばと頼まれていた。蔦屋は、自分の店にいる馬琴は、本屋の手代にはとてもなれそうもない。いっそ伊勢屋に婿《むこ》入りさせたらどうだろうと思って、京伝に相談した。

ところがそのお百という女は、馬琴よりも三つも年上で、おまけにすが目で、容貌もすぐれていず、再婚でもある。それに下駄屋の主人になるということも気にくわない。馬琴は躊躇《ちゅうちょ》せざるを得なかった。しかし蔦屋はしきりにすすめるし、京伝も賛成である。伊勢屋の親父は早く死んで、母と二人暮らしだということだし、生活に多少ゆとりがあるということも取得《とりえ》であった。下駄屋へ聟入りするのはいやだが、それよりも生活の安定を得て、著述に没頭したいという気持が強く彼を動かした。

伊勢屋清右衛門となる

こうして馬琴は長い放浪生活に終止符をうち、下駄商伊勢屋の主人となり、清右衛門の名跡をつぐことになった。聟入りしたからには、当然その姓会田氏を名のるべきであったが、彼の性格としては、今までに縁もゆかりもなかった他姓をおかすことは、何としても堪えられなかった。小禄とはいえ武士の家に生まれて、その教育をうけた馬琴は、先祖代々の滝沢姓に執着があった。女房のお百は無学で、物の道理を知らない。彼はそれをよい事にして、相変らずもとの姓を名のっていた。

下駄商をやめる

入夫の目的は、落着いて著述に没頭することであって、もとより下駄商売に精を出す考えはなかった。人が足にはくような下駄を商うなどということは、商売の中でも最も卑しいものだと思っていた。それでも姑《しゅうとめ》の在世中は遠慮もあって、商い物の取次もしたが、その姑も寛政七年(一七九五)四月には死んでしまい、それと前後して、長女の幸《さき》や次女の祐《ゆう》も生れた。家長としての馬琴の地位も定まった。

手習師匠となる

馬琴は商売を替えようと思った。そして加藤千蔭の門に入って手習いをはじめた。子供たちを集めて、習字の稽古をしようとしたのである。『蛙鳴秘鈔』に、

> 馬琴下駄屋をいぶせく思い、業を替ん心にて、千蔭翁の門人となりて書を学び、下駄屋のかたはら手習の師をなし、後に商ひをやめて、手習の師と戯作とを以て口を糊す。

とあるのは、その間の消息を伝えたものである。『入門名簿』(早大図書館蔵)を見ると、寛政九年(一七九七)九月より文化三年(一八〇六)八月にいたるまで、手習いに入門した男女の名五十三名が列挙されている。そしてその巻末に、

文化三丙寅《へいいん》年八月に至りて、稽古の童子をことぐ〵く断《ことわり》申候、近来著述繁多なる故也」。

とある。手習師匠も文化三年（四十歳）の八月までは続いたが、その年には黄表紙二部、合巻一部、読本《よみほん》は『椿説弓張月《ちんせつゆみはりづき》』（以下単に『弓張月』という）前編六巻をはじめとして八部も書くという有様で、子供相手に習字をする暇がなくなったのである。

早く下駄商売をやめ、次いで手習師匠もやめたが、生計に困るようなことはなかった。文政元年（五十二歳）鈴木牧之《ぼくし》にあてた書簡で、

扨拙者当職は十五間口の家主《いえぬし》を仕候、家守《やもり》給其外共に一ケ年廿両の役禄に候。

とあるが、恐らくそれは入聟当時すでに伊勢屋についていたものと思われる。

飯田町の住宅の有様

聟入りしてから七年後には、住宅の改造をした。『買飴《あめかつた》紙鳶《たこ》野《や》弄《ろう》話』（寛政十三年馬琴）の巻末に、

庚申《こうしん》（寛政十二年）の夏、居を卜して旧燕の栖《すみか》を得たり、房を曲亭と呼び、堂を著作と號《なつ》く、後園せまうして、蕉窓《しょうそう》の夜雨《やう》を聞に足らずと雖も、主客相対して僅に膝を容《いれ》るゝの容やす

きに似たり、

ますかゞみ家買当《あて》て夏の月

「居をトする」といい、「家買当て」などとあるけれども、実は今までの住いが店舗の構えであったのを、改修してしもたや風の二階建にしたものであろう。或いは古い家はそのまま貸家にして、その傍か裏にあった二階家を購入して住いとしたのかも知れない。その家が古い家であったので、さらに一両年の後建てかえたのかもしれない。文政元年(一八一八)十一月八日鈴木牧之にあてた書状には、

只今住居いたし候本宅、十六ケ年已《い》前に立かへ候処、二階には四十余箱の蔵書を積おき、下屋にも是迄悴《せがれ》別宅の心がまひに、追々諸道具をたくはへ、十坪にたらぬ建家の内、いやが上に物多くつみおき候故か、土台めり込柱かたぶき、障子の立《たて》つけ合不レ申、その上一軒はなれ家、大風の節はゆりうごき、そのまゝにさしおきがたく候に付云々

とある。家を改修した頃は、著作堂と名づけて大いに得意であったらしいが、

わずか十坪にも足らぬ二階屋で、とうてい一代の文豪の住むにふさわしい構えではなかった。庭なども狭く、「猫のひたひ程なる莎《さ》庭《てい》」（牧之宛の書、文政元年十月二十八日）に過ぎなかったが、それでも柿や葡萄があり、また霜除けをするような草木も多少はうえてあった。

飯田町馬琴居宅跡にある「馬琴井戸」

住みはじめた当座は、それにも満足していたであろうが、十数年の風雨にさらされて、もともと美邸でもなかったものが、いよいよ荒れはててしまった。

文政元年といえば、馬琴はすでに五十二歳になっていた。悴の宗伯もどうやら一人前の医者になったので、神田同朋町に別居させ、妻のお百を付けてやった。飯田町の宅には、馬琴が長女とともにふみとどまっていた。長女のおさきは、行儀見習のために八年ほど立花侯の奥勤めをしていたのだが、母が神田に移ることになったので、暇をもらって帰って来たのである。

書斎の状態

馬琴の書斎は二階にあった。書物も年とともに増えて、冬になっても火鉢をおく余地もないほどであった。夏は風通しはよかったが、西日がひどく照りつけて、夜までも瓦のいきれが強く、から風呂にはいっているような有様であった。文政元年七月二十九日、鈴木牧之あての書状で、

> 手前住居市中手狭に付、拙者は年中二階住いにて南をうけ申候、風は入り候へ共、膝元まで日さし入れ、夕方は又西日すぢかへに窓よりうしろ口をてらし候、夜は瓦のいきれ暁方までさめ不レ申候、誠にから風呂に入り候こゝち仕候、御遠察可レ被レ下候、

といっているが、大体その書斎の有様が想像される。

別居の楽しみと苦しみ

毎年冬奉公人をおくならわしであったが、娘一人のところへ男奉公人も異《い》なも

のであるとてたのまず、下女も七月暇をとらせたままで代りがなかったので、文政元年の冬は、親一人娘一人の淋しい暮らしであった。が、その不自由勝な生活を、いかにも作家らしい気持で眺めている。長い間家族の者に束縛された境涯からようやく解放された気安さを感じていたのである。同年十月二十八日付の牧之あての書では、こういうことをいっている。

俄にさみしく不自由にまかりなり候へども、又心やすき事もありて、妻子を遠ざけ候へば、小言いふこともなし、妻子も隔り居候へば、たま〳〵悴かたへ罷越候へば、家内奔走、生平《せいへい》同居の日とおなじからず。

彼は折々同朋町の別宅へ立廻り、いつにも似ず家族のものに歓待されるのを楽しみにしていた。同居していては馬琴のえらさもわからない。口やかましい親爺くらいに心得ていたものが、離れて見ると、さすがに畏敬すべき父でもあり、夫でもあった。そこで彼も、夫の有がたき事も、親の有がたき事、只今やうやく目ざめ候様子にて、彼等が為にはよき修行に可レ有レ之候。

などと大いに得意になったのである。

下女も下男もいないので、お屋敷からさがったおさきが炊事の世話をすることになったが、それにしても昼日中味噌こしをさげさせるわけにはいかず、夜分のみ買物に出させるようにした。馬琴は二階でものを書いていたが、娘の不在の場合などは、下におりて取次などもしなければならなかった。牧之あての書中にも、

娘小用などに罷越候節、使有レ之案内に乞《こわ》れ候へば、拙者二階より走り下り、取次いたし候事しば〳〵也。

ともらしている。

それに別宅の当主はまだ若年者である。一家の経済については、何かと父親の指導を仰がねばならなかった。箸のころんだ事までも、一々本宅に問合わせ、そ

の指揮を仰ぐという有様であった。それには馬琴もほとほと閉口したものと見え、

同居の折より一倍に世話多く、これは殆《ほとんど》倦果《うみはて》申候、世帯ふたつに引うけ候ては、よほど世話なるものに候、御賢察可レ被レ下候。

と牧之に感慨をもらしている。

かような生活は数年続いた。はじめは家庭のわずらわしさから離れて、著述に没頭したいと考えたことであろうが、娘相手の生活では不自由であるばかりではなく、世帯を二つに分け、両方を監督することになったので、かえって俗務が多くなって来た。辛抱強い彼も、さすがに寄る年波とともに、こういう生活がいつまで続くかと思うと、少々うんざりした。長女のおさきに養子を迎えて、この飯田町の家を譲り、同朋町の別宅を拡張して、そこに書斎をもうけようと考えるようになった。

長女のおさきはもう二十五歳になっていた。聟養子のことでは、今までに何回

も手を焼いた。おさきが十八の頃、真面目な人物だという触れ込みで、仲人のすすめるままに、ある若い者を養子見習い格で、自宅に入れてみた。両三年辛抱を見届けるつもりであった。貸本渡世をしたいというので、二十七両余の元手を入れてやった。おいおい得意先もふえ、景気もよかったが、当時禁制の古版の洒落本などの貸附をはじめたので、馬琴は厳重にいましめた。養子は腹をたてて飛び出し、そのまま離縁になってしまった。

翌年の正月に、また仲立する人があって、二度目の養子を入れたが、これは大の放蕩者であった。幸い長女に疵はつかなかったが、養子騒ぎで大分損害を蒙った。その後もたびたび候補者が現われたが、とかく馬琴の眼鏡にかなわなかった。近所では親が気むずかしいから、今以て養子がきまらないのだと噂《うわさ》した。馬琴もそれを認めないわけにはゆかなかった。

それというのも舅《しゆうと》が同居しているからであって、手堅い人物なら家務をまかせて別居するにこしたことはない。ただ条件として、年頃は二十六・七から三十二・三まで、両親が別居するので振舞金として十五両持参すること、並びに両親養い料として家守《やもり》給は廿両のうち一ヵ年に五両ずつ合米《ごうまい》のこと、然る上は長女をめあわせ、身代を引渡すべしというのであった。

越後の鈴木牧之にまで手紙を出して、依頼したほどであったが、帯には短し襷《たすき》には長しで、思うような人物はなかなか見当らなかった。ようやく文政七年三月になって、長女が三十一歳の時に、吉田新六という者を迎えて、清右衛門の名跡をつがせたのである。新六は伊勢国(三重県)奄芸《あんき》郡白塚村の生れで、志摩屋という呉服屋の手代であった。年はおさきより七つ年上であった。『著作堂雑記』文政七年五月九日の記に、

二代目清右衛門吉田新六と云、伊勢奄芸郡白塚村生(天明七)、長谷川町呉服屋が小厮《こもの》、後俵屋子浅太郎志摩屋を継に及で手代となる。

とある。もとより丁稚《でっち》あがりの商人で、学問などはなかったが、馬琴はその人物の実直なのを見込んで養子にしたのである。その後の馬琴の日記などを見ると、清右衛門はほとんど毎日のように、飯田町から神田へ来て、雑用を勤めている。尊大で無精者《ぶしょうもの》であった馬琴にとっては、それはまことに重宝な人物であったらしく、清右衛門も舅《しゅうと》を一かどの物識《ものしり》としてあがめていたようである。

飯田町の家もようやく落着いたので、馬琴はその年の四月望の日に、笠翁《りつおう》と名を改め、五月に剃髪《ていはつ》して、飯田町を去った。『著作堂雑記』五月九日の記事に、

余近来頭髪枯れて杪短《うら》く、仮髪《いれがみ》を用るに、その蠟膏《あぶら》をもてす、この故に剃髪せり、別義あるにあらず、已《やむ》ことを得ざるのわざなり。

と剃髪の理由を説明している。

三　神田明神下の生活

文政七年(一八二四)五十八歳の時に、馬琴は飯田町を去って、神田明神下同朋町に移った。そしてそこには天保七年(一八三六)七十歳まで、十二年間住んでいたが、著述に最も油の乗ったころで、いわば全盛時代であった。

宗伯別居の理由

馬琴が移ったのは文政七年であるが、悴の宗伯が母と季《すえ》の妹をつれて、そこに別居したのは、文政元年八月下旬であった。宗伯を別居させた理由については、同年七月晦日《みそか》付の手紙で、鈴木牧之に次のように述べている。

悴宗伯篤実と申のみにて、文雅の方は一向無レ之ものに御座候(中略)、当年廿二歳にて療治可なりいたし候へども、父子の業大にちがひ申候故、同居いたし候ては、発達の為によろしからず、依て今般別宅いたさせ候心がけにて、神田明神下其外処々に相応之売家有レ之、この相談に取かゝり居申候故、別して多用に御座候。

また同書状に、

悴などは若輩の義にて、尊き寺は門からという諺《ことわざ》の如く、ちと見聞をかざらねば家業に損あり。

とあるが、それも別居の一つの理由であったであろう。

同朋町の別宅購入の顚末

その家の位置は、昌平橋外神田明神石坂下同朋町東新道というところで、地主は西丸御書院番橋本喜八郎、五十坪ほどの借地に、十六坪の家屋が建っていた。『後の為の記』にはこう書いてある。

此処両御番橋本氏の地面にて、昌貞といぅ医師が文化十二年秋七月、五十坪借地して、或人と共に家作したるが、建たるまゝにて、いまだ造作に及ばざりしを、予更に嚢を傾けて造作残る所なくものしつゝ、八月二十日に至りて移徙《いし》をさせたるなり。

さのみ広い家ではなかったが、かけ出しの医者の住いとしては、相応のものであったであろう。牧之あての書中で、「手前門通用ゆゑ、見附は相応に御座候」と吹聴《ふいちょう》している。

三年以前の建築で、そう古びたわけではなかったが、金子不足のために、造作半ばで、そのまま住んでいたものと見え、納戸《なんど》は荒壁のまま、勝手なども未完成であった。九月から職人を入れ、十月十五日に新宅開きにまでこぎつけた。建家代金は二十両二分で、その後諸造作振舞入用等で、二十四五両かかり、都合五十両にも近い物入りであった。それらの費用はおもに原稿料で支弁し、なお書肆の泉市・鶴屋、それから鈴木牧之など、諸所からの祝いが案外に多かったので、わずかの借財をしたのみで、万事解決ができたのである。

馬琴は宗伯の別居に際し、

をしへおくことの葉もなしいにしへのみちある人のあとをたづねよ

とよんで遣わした。律義者の宗伯はその後折々この歌を誦していたということである(『後の為の記』)。

こうして神田同朋町に悴宗伯を住まわせ、馬琴は長女のおさきと飯田町に住んでいたのであるが、娘の聟もきまったので、同朋町の家を拡張して、そこに書斎をもうけることにしたのである。

拡張工事

もっとも別宅拡張の直接の動機は、その東の壁隣りに某という刀研師《とぎし》が住んでいて、いつも酒呑みや博徒の群が集まり、神経質な宗伯の心を痛めていたためであった。宗伯はこれと絶交していたのであるが、幸いに文政六年の春になって、その研師は借財のために、その家を売って立退くことになった。その話を聞いた馬琴は、他人に買わせるのは不安な気がして、書賈《しょか》の山崎平八を買主にして、購《あがな》い取らせたのであった。その間の事情は、『改過《かいか》筆記』や『後の為の記』に詳細に記述されている。

その年の三月に、長女の聟養子がきまったので、買収した研師の家を増築して、隠居所にあてようとした。そしてその月の下旬から工を起したのである。何分住み荒らした後だったので、修復の箇所が多く、またその間に忰の宗伯や妻のお百が大患にかかるという始末だったので、八月になってようやく落成するに至った。ところが生憎《あいにく》なことには、その月の大風に、新造の板塀などがひどく破損し、再度修復することになり、費用も意外にかさみ、十一月下旬になって、ようやく落成をみるに至った。そして予定通り翌文政七年五月、馬琴は飯田町を去って、そこに引移ったのである。

住居の間取など

隣家を買収した結果、東西合わせて、借地はおよそ八十坪を一構えにすることになった（地主は文政九年正月から御勘定御普請役杉浦清太郎にかわった）。南に面した宅地で、門前は九間ほどあった。南側は板塀をめぐらし、未《ひつじ》（南西）の方に板屋根の門を作った。隣家との境はおもに建仁寺垣を結《ゆ》いめぐらしてあった。

間取は明らかではないが、日記などに折々記載されているものを綜合してみると、客の間八畳、書斎六畳、中の間五畳、納戸五畳半がおもな部屋で、ほかに三畳の間二室と玄関、茶の間があり、ほかに物置がついていたようである。『戊子《ぼうし》日記』十二月十五日の条に、障子二十二枚、半障子類十一枚、神棚・持仏《じぶつ》の障子八枚を張った記事があり、翌十六日の条に、行燈《あんどん》・神燈《みあかし》その他浄手場《てあらいば》の小障子を張ったという記事がある。同じく十月四日の条には、杉戸大小六枚出来《しゅったい》し持参した記事がある。『辛卯日歴《しんぼうにちれき》』五月八日の条には、玄関西角丸瓦の砕けたのを修復させた記事がある。それから察して、相当に広々とした、造作などにも念を入れた住宅であったように想像されるのである。

　庭は広くはなかったが、池や築山や花壇などもあって、樹木もかなり多く植えられてあった。「おくには四目《よつめ》垣際小ざくら込合候ニ付」(『辛卯日歴』二月朔日)とか、「北の方うら庭の雪搔《かく》レ之」(文政十年一月七日の日記)などの記事も見えるから、庭にも垣根などを結い、前庭・奥庭・裏庭などの区限《くぎ》りをし、それぞれ趣を出していたものと思われる。

小さいながらよくまとまった庭園であったらしい。

池というのは問題の池であった。それは文政六年隣家を買収してから掘らせたもので、大きさは、長さ四間一尺、幅は広いところで九尺ほどの細長い池であった。からだの弱かった宗伯は保養のために、よく釣に行ったが、その獲物《えもの》をこの池に放して楽しんでいた。

昨夕宗伯釣帰りの鮒十八の内大
小十三、庭の小池へ今朝放レ之、(文政九年四月八日)

神田同朋町馬琴居宅跡の掲示
「滝沢馬琴住居跡。文政六年滝沢馬琴は九段中坂よりここに移り、天保七年まで住んでいた」とあり、現在は小公園になっている。

という記事が、その日記に折々見えている。池の向うに築山をこしらえ、向山といっていた。馬琴も時々その小山を掃除して、疲れた頭を休めたのである。

予昼飯後より池の向小山そうぢ、池まはり草むしり取、彼是にて消レ日了、（『戊子日記』十一月十日）

などとしるされている。

池を埋める

その池も数年後の文政十一年には埋めてしまった。折角楽しみに掘った池を埋めた理由については、『後の為の記』には、「後に小児の愆《あやまっ》て害あらん事を怕《おそ》るゝが為なり」とあるが、それだけの理由ではなかった。居宅を拡張し、大いに工事を起してから、宗伯はしばしば重病にかかり、その年もひどく患ったのである。神経質な馬琴は、それには何かのたたりがあるだろうと考えて、風水方位の書などを調べて見ると、「離山南向の居宅の南方陥りて止水あることは宅相に」よろしくない、且つ「正南は宗伯が本命東命巽命にとりて天医に当」っていることが判明した。

炎天に水の涸れるのをおそれて、一丈ほどの深さにしたところ、思うように水があがらず、座敷からは水は見えないで、穴ぐらを見るような感じがする、思うにも似ず興ざめて、今は埋めても大して惜しい池ではない。それに孫たちがそのためにあやまちがあってはならない。そういう事情からして、費用のかかるのもかまわず埋めてしまったのである。

花壇や菜壇などもあった。野菜類を植え、観賞用の草花もあったが、医者の家だけに、薬草が多かったようである。「今日宗伯庭の丁子花《ちょうじばな》・さふらん等へ霜よけいたし候処云々」（『戊子日記』十月晦日）というような記事が見える。桔梗《ききょう》・とらの尾・糸薄《いとすすき》・小桜・山茶花《さざんか》・秋海棠《しゅうかいどう》などの名も折々日記に見えている。

庭の風致を添え、兼ねて花実などもとれる樹木はことに多かった。文政九年の日記の中には、中梨子《なし》・小梨子・中豊後《ぶんご》梅《うめ》などをうえかえる記事があり（十一月二十四日）。同十一年の日記中には、庭の梅が本年は不出来で、一升五合くらいとれたという記事がある（五月十五日）。天保二年の日記中には、悪太郎どもが柘榴《ざくろ》をたびたび盗みに来るという記事（八月二十五日）が見える。座敷の北側には葡萄棚があって、毎年よく実るので、果物屋に売捌《さば》いた。林檎も秘蔵の木であったが、よく虫がつき、小《こ》管《くだ》で塩水を吹き入れたり、花火でいぶしたりする記事が折々あらわれている（『辛卯《しんぼう》日暦』七月二十二日、二十三日、八月二十七日）。この他に柿、朝鮮柘榴、李《すもも》、唐梅などもあって、かなり実を結んでいたようである。

玄関の角には柳があり、庭の北側には珊瑚《さんご》樹《じゅ》があった。松・楓《かえで》・槇《まき》の木なども適当に配置され、南天や百日紅《さるすべり》もあった。文政十年の日記には、なおこの他に、巽《たつみ》の方に椿、西に木犀《もくせい》、池の向うにねずもち、木槲《もっこく》のあったことが見え、松も数本（庭中黒松一本、東門脇黒松一本、赤松二本、池のふち小松数本、五葉松二本）あり、柳も二本あり、棕櫚《しゅろ》や竹などの名も見えている。

「庭樹刈込」(『辛卯日歴』五月八日)「北の方樹木伐込」(同七月二十二日)などの事が折々見え、植木屋が時々出入している事などから察するに、相当に庭の樹木は多く、その手入れも行届いていたようである。『改過筆記』に、「予は素《もと》より樹木を愛《めず》る癖あれば、九月のころより植木屋を傭うて、多く樹を栽しめ」とあるが、馬琴は庭園にはかなり興味をもっていたようである。出歩くことの嫌いな彼は、植木屋をよんで庭の手入れをしたり、樹木を思うままに案配するのを楽しみにしていたのであろう。

文政七年に馬琴は神田同朋町に移り、同十年には宗伯が結婚し、その翌年には長男太郎、天保元年には長女つぎ、同四年には二女さちが生れた。季《すえ》の妹のくは渥美《あつみ》家にとついだので、神田の住いには、馬琴夫婦、宗伯夫婦に孫三人の七人暮らしであった。ところでその頃馬琴一家の経済状態はどうなっていたであろうか。

一家の経済状態

馬琴がその子宗伯を医師に仕立てたのは、もとより名聞《めんぶん》のためではなく、医によって一家を支えさせようとしたのである。ところが期待した通りにはいかなかった。開業当時は多少収入もあったが、それもわずか数年の間で、大病にかかってからは、ほとんど半起半臥の状態を続け、人の治療などは思いもよらなかった。病が小康を得た時は、親戚知人の病家を見廻ったが、その薬礼はあまり生活の足しにはならなかった。ただ松前侯からうける扶持だけは、半期ごとにさがった。

松前老侯は文学好きで、折々その使臣を馬琴宅に遣わして、珍聞奇談を問合わせ、また不明な箇所を問いただしなどしていた。その縁故で、宗伯は文政三年秋から三人扶持をうけることになった。文政四年冬には松前侯は旧領に復し、翌年夏宗伯に祿八十石月俸五口を賜い、召し連れようという話があったが、宗伯は父母がもう老齢だからといって辞退した。それからは出入医師の筆頭として、譜代の家臣並に取扱われ、近習格に定められた。老侯は江戸に在住していたので、そこへ伺候することになったのである。

売薬

一年に二回、七月の初と十二月の終に、扶持代はきちんとさげ渡された。それがつまり宗伯の定収入であった。なお盆暮には、金百疋ずつ宗伯と馬琴に下されものがあり、その他折々頂戴物などもあった。これらの収入はもとよりその一家を支えるには足りなかった。馬琴は廃人同様な宗伯に、一定の収入のあるのを僥倖《ぎようこう》に思い、また貴人の知遇を得たことを光栄に思っていた。

下駄商売を卑しいものとして、売薬をはじめたのであったが、その仕事はずっと続けて、生活費の一部分とした。京伝の読書丸以来、戯作家と売薬とは因縁が深かった。三馬も著述のかたわら丸楽などを売っていた。馬琴もその轍《てつ》をふんだのである。

馬琴は幾種類もの薬を売出した。奇応丸・帰脾湯・神女湯・つき虫薬・黒丸子《こくがんし》などが、そのおもなものであった。飯田町の清右衛門、芝泉市、大坂河内屋吉助などが売弘所《うりひろめ》になっていた。飯田町の売上高でも、月に一分二朱と二-三貫文はあった。そのうち一割は手数料として渡してやったが、いくらか生活費の足しにはなった。

長女へ聟を取る条件として、家守給二十両のうち、年に五両ずつ馬琴夫婦の隠居料として取ることになっていたが、それも実行した。実直な婿の清右衛門は、盆暮にきちんきちんとそれを持参した。これも生活費の一部に充当したのである。

しかし宗伯の扶持料も、上家賃も、売薬代も知れたもので、生活を支持するまでには至らなかった。生活費の大部分は原稿料によって得たのである。几帳面《きちょうめん》な馬琴は、その収入をきちんきちんと帳面につけておいた。

天保二年(一八三一)といえば、馬琴は六十五歳で、著作にもっとも油の乗った時であったが、その年の原稿収入を、日記によって表示してみると次のようになる。

五両	『金瓶梅』一輯	潤筆前金	泉市	一月八日
三両	『美少年録』三輯	潤筆	丁平	四月一日

十両　『八犬伝』八編　潤筆の内金　同　四月八日
五両　『殺生石後日』　潤筆の内金　山藤　十月十三日
一両　『八犬士略伝』　潤筆　西与　十一月十一日
十両　『八犬伝』八輯　潤筆の内金　丁平　十二月二十日

他に著作関係の雑収

一両二分　『水滸伝』流行に付謝礼の肴代　鶴喜　一月九日
百疋　『美少年録』三編売出　丁平　十月二十四日
百疋　寒中見舞の肴代　山藤　十二月十日

金銀の出納は別帳にしるすよしであるから、あるいは日記にもれたものもあろうが、天保二年の日記にしるされたものは、総計三十四両と他に著作関係の雑収入が一両二分と二百疋になっている。記載もれがあったにしても、四十両以内であったものと想像される。その名声があがるにつれて、原稿料にも異動があったと思われるが、大体読本《よみほん》は一冊二両、合巻《ごうかん》は一冊十枚で一両位の相場であった。

馬琴の一年の原稿料が三十五両乃至四十両であったとして、当時の武士の収入を考え合わせてみると、『天保丙申荒慊《こうけん》略記』に

御切米の御張札は丙申の二月五日は百俵(三斗五升入)金三十八両、十月は金四十三両、丁酉《ていゆう》二月の御張札も申《さる》の十月に同じ。

とある。もっとも天保七年(庚申)は、夏中寒冷のために諸物価暴騰し、町の大相場は百俵(四斗入)百七両より、百十七両まで上り、御張紙はその半ばにも達しなかったのであるが、御切米の御張札が百俵(三斗五升入)金三十八両乃至金四十三両であったとすれば、馬琴がもし武士ならば、どれ位の格式にあったかがほぼ見当をつけることができる。

当時の諸物価

さて当時の諸物価は、変動の甚だしい時で、一律にはいえないのであるが、馬琴の日記などによると、白米は文政十一年の春頃には、両に九斗二升であったものが、九月には諸色高値になり、六斗四升になっており、天保七年三月には、そ

れまで両に一石以上であったものが、八斗八升になっている。まず大体一両におよそ玄米一石の相場と見てよいであろう。味噌は文政十一年の春頃は、二朱で五貫目、味淋は従来一升二百五十文であったのが、天保七年には四百文に暴騰し、黒砂糖は下値の時は一斤八十文位であったが、天保八年三月には二百三十二文になっている。醬油は一樽六百八十文、七百文位であったのが、天保八年には九百文になっている。天保七年には諸物価前代未聞の高値で、里芋一升六十四文、半紙一帖三十二文、酒一升三百五十文乃至四百文、宿料一人三百七十文乃至三百八十文となっている。銭相場は、以前は一両に六貫六百六十四文であったが、天保七年十二月上旬より五貫八百六十四文に上り、翌八年三月には、六貫四百文に引下っている。

当時の諸物価と現在の価格とを比較することによって、馬琴の原稿料が今ならばほぼどのくらいに当るかがわかるであろう。京伝がはじめて潤筆料として一両を得た時には、珍らしいことのようにいわれたが、京伝は他に渡世の道があり、原稿料だけで暮らしていたわけではなかった。ところが馬琴は生計の大部分を潤筆料でまかなっていたのであって、彼もまた大いに努めたりというべきである。

雑収入

原稿料以外の収入として、染筆・謝礼・歳暮・果樹の払い下げなど、多少の雑収もあった。『辛卯日歴』八月四日及び七日の条に、庭の葡萄を取下し、須田町の池田屋に払い下げた記事がある。その代金は、四日の分が二朱と百四十八文、七日の分が二朱と百文であった。葡萄棚の位置や、その大きさ等については、『辛卯日歴』七月十八日の記事に詳しいが、相当に大きな株であったらしい。『戊子日記』七月二十四日の条には、取下した房の数がかぞえられている。

四百三四十房有レ之、その内上房百二十房、中房二百五六十房あり、余は小房等也、夕方須田町池田や来る、お百、おみち右ぶたうよりわけ、四百房遣レ之、代金請取畢。

庭の果実を払い下げて、生計の足しにすることは、そのころさほど珍らしいことでもなかった。

かように滝沢家の収入は、原稿料、宗伯の扶持、売薬の売上代、家守給、雑収などによって、相当の額にのぼったが、決して贅沢《ぜいたく》な暮らしのできるほどではなかった。そのおもなものは原稿料であるが、作家の地位が認められず、恵まれることの少なかった当時にあって、一管の筆で一家を支えるということは、容易なことではなかった。

門構えの家に住んではいたが、倹約にはかなり意を用いたようで、そのことは日記などに折々見えている。

近年勝手向費《ついえ》多く、格別に物入多候間、其段お路へ申聞《きけ》、向後《きょうこう》万事に心付倹約いたし候様戒おく。（天保三年三月十一日）

お路は悴宗伯の妻である。天保三年二月二十八日の条には、孫娘お次のために雛を買う記事があるが、「下直《げちょく》の品見斗《はから》ひ候様申付畢《おわんぬ》」とあるから、決して贅沢な品を求めたわけではなかった。「予不断着太織布子《ふとおりぬのこ》仕立候様申付」(『戊子日記』八月九日)などの記事からも察せられるように、自分の衣服も質素で、絹物などはふだん用いなかった。清右衛門に命じて、古着を買いとらせる記事も見える。

其後清右衛門罷越、となりの店にふる着や有レ之よしに付、見つくろひかひとり候様申付遣す。(『戊子日記』八月二十五日)

一家そろって炭団《たどん》を作る記事もある。

今日堅炭の粉にて如レ例家内之もの団炭を製す。一百余出来候よし。(同九月二十日)

日記などによって、吝嗇《りんしょく》に近い位、生活をきりつめているさまが想像されるが、しかし一面では、鷹揚《おうよう》なところもあって、昼食や夕食の振舞をする記事が少なくないし、贈答なども身分相応の程度で義理をかかなかった。年末などには、その年の収支をきちんと整理し、支払うべきものは全部果さなければ、気がすまなかったのである。

馬琴自身道楽はもたなかったが、和漢の有用な書だけは手に入れようとし、その費用も少なくはなかった。家族には病人が絶えないので、その薬礼もなまやさしいことではない。そんなわけで将来のために貯蓄をする余裕などはなかった。吝嗇と見えたのはそのためであって、それくらいにしなければ、生活が保てず、面目も維持されなかったのである。

悴の宗伯も父の意志をうけて几《き》帳面な人物であった。小遣帳はその受持であったが、その記入に際し、費途不明な場合には、夜明けまでもその事を考えるという風であった。老齢の父が刻苦して得た金であるから、一文も無駄にはできぬと考え、節倹第一を信条にしていたのである。

滝沢一家の生活状態は、以上述べたことから、ほぼどんなものであったかが想像されると思う。しかしそれは惨めな生活であったというのではない。当時手堅いといわれる家は、みなそうしたきりつめた生活を余儀なくされたのである。

隣付合

交際嫌いな馬琴のことであるから、近所隣の付合も円滑《えんかつ》にはいかなかった。門前には橘屋という菓子舗があったが、これは滝沢家とはあまり交渉がなかった。西隣には伊藤常貞というものが住んでいた。家内の留守中に、野菜売が来たので、玄関へ出て白瓜の値をつけていたところ、隣家常貞の老妻が垣越に顔を出し、大根を買取り、その代金八文を玄関前に投げ渡した。非礼傍若無人のいたし方であると、大いに奮慨している記事が『辛卯日歴』に見える（八月十二日）。

この伊藤方とは仲が悪く、始終悶着《もんちゃく》をおこしていたらしい。常貞は我利々々な老人であった。座敷を建増したが、その垂木《たるき》が五寸あまり垣を越えて、雨垂《あまだれ》が馬琴の屋敷内におちるという有様であった。宗伯は先方に談判して切らせようといったが、馬琴はまあまあと我慢して、そのままにしておいた。その後しばらくして常貞方から、滝沢家の玄関垣際にある柳が、枝をはり出して邪魔になるから、切ってもらいたいといって来た。そこで馬琴も怒り出し、もし伊藤方で定法通りに建増の家を一尺切ったなら、こちらの柳も抜きすてようと挨拶して、常貞を謝罪させた（『戊子日記』十月八日、九月十五日）。その時はそれで納まったが、柳の枝はその後もたびたび問題になった。馬琴はその日記に、「常貞自分勝手万事言語同断」と書き、「寔《まこと》に愚癡《ぐち》のたはけもの」と書いて、憤懣《ふんまん》をもらした。常貞の妻の死んだ時にも何のしらせがなく、こちらからも葬式には出なかった。隣家でありながら没交渉に暮らしていたのである。

北東隣は橋本喜八郎の宅で、馬琴方より建仁寺垣を結い、橋本方では板塀をとりつけて、境にしていた。北三畳の縁さきから、折々橋本方で軍書読みの講釈をするのが聞こえた。この人は西丸御書院番でもあり、元の地主でもあった関係上、一通りの交際はあった。馬琴の著書などを折々借りに来たが、袋を引き破ったり、本に折目をつけたりするので、心よくは貸してはやらなかった。もとより深い交わりではなかった。

馬琴日記（癸巳日記）表紙（早稲田大学図書館蔵）

比較的交際のあったのは、地主の杉浦清太郎であった。この人は御勘定御普譜役であった。家庭的にかなり懇意にし、妻のお百が時候見舞に行ったり、杉浦の老母が娘を折檻《せっかん》するのを見かねて、お百がなだめに行ったり、清太郎の妹が嫁入するので、祝儀に行ったりした。来往贈答なども行われ、ことに杉浦の老母とお百は懇意にしていた。

しかし潔癖な馬琴は、杉浦の仕打ちに対しても不満をもっていた。松を植えかえる際に、馬琴方の李《すもも》の大枝を、その松

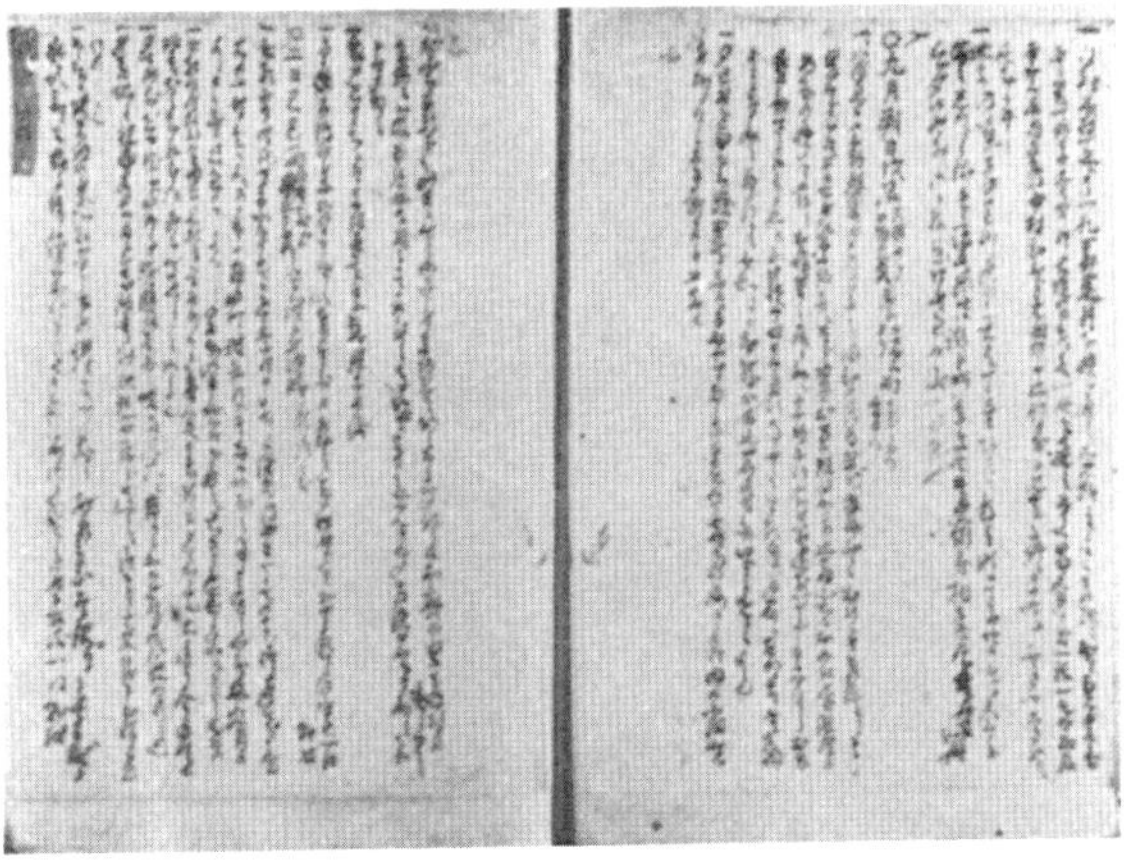

馬琴日記（癸巳日記）本文、天保四年九月一日の条
（早稲田大学図書館蔵）

に引っかけて折ったり、垣外に出た李の枝が邪魔だから切取ってもらいたいといって来たりした。清太郎に対しては兎も角として、その継母に対しては心よからず思っていた。その継母が馬琴方の表門脇へ犬小屋をかけさせた事を奮慨して、「彼方手前勝手よろづかゝる事多かり」（『辛卯日歴』十月六日）、「彼老婆地主風を吹せ、傍若無人の計ひ多し、実に歎息に不ㇾ堪也」（天保三年六月十五日）などといっている。そのやり方があまりひどいので、転宅を思

いたち、根岸の林清三郎の地面を二百坪ほど借用して、造作に取りかかろうとしたこともあった。

馬琴は自尊心が高く、人の欠点がすぐ目につくという風で、なかなか人とは妥協のできる性格ではなかった。悴の宗伯は病身で人交らいを好まず、妻のお百は癪《しやく》もちで、お天気屋であったらしい。そんなことから、近隣との交際も少なかった。馬琴は結局それをよい事にして、超然とかまえ、著作に没頭していたのである。

四　晩年の生活（信濃町時代）

長男の興継（宗伯）は、天保六年五月八日、三十八歳で親に先立った。人一倍負けず嫌いの、意志の強固な馬琴ではあったが、長男に先立たれてからは、平生張りつめた力も、一時にくず折れてしまいそうであった。その身はすでに六十九歳の老翁で、孫達はまだ幼少であった。前年の夏には、ふだん丈夫な彼も大いに病み、右眼はすでにその前の年に失っていた。その著述も数年前に比べて、意の如くではなかった。もとより貯えがあって、安閑と暮らせる身分ではない。わずか八歳の嫡孫が一並《ひとなみ》になるのはいつのことかわからぬ。まことに日暮れんとして道遠く、剛毅な馬琴も、その一眼をしばたいて長嘆息するばかりであった。宗伯の死の前後の模様は、『後の為の記』に詳しく記されているが、その記の最後に居宅器財の如きは、よしや一朝に皆失ふも惜むに足らず、只惜むべきは興継の死のみ、然るに不幸短命にて、父に先だちて歿したり、幸いに嫡孫あれども、いまだ十歳にだも至らず、日は暮れんとして道遠かり、吾それ是を如何かすべき。

と述懐している。

宗伯はもとより病弱の生れつきで、末頼もしいものではなかったが、馬琴にとっては一人の男の子であり、何とかして人がましくしたいと並々ならぬ苦心をはらったのである。ようやく医者に仕立てて開業させたのであるが、間もなく重患にかかり、本業を廃するのやむなきに至った。それも天命であるとあきらめていたのであるが、あきらめきれないのは、短命にして、我に先だったことである。

おいらくは名のみなりけりながらへて世のうき事のかぎりさへ見つ（『後の為の記』付録）

老いて甲斐なき我が身の上である。なまじいに生きながらえて、憂き事の限りを見なければならない。昨年の春、我が病める時、その身の病弱を顧みず、生駒琴平の宮に親の齢の長かれと祈ってくれた我が子であった。厠《かわや》で杜鵑《ほととぎす》を聞けば凶事ありという。卯《う》月二十九日の未《ひつじ》（午後二時）の頃、宗伯は杜鵑の初声を聞き、妻をして「只今杜鵑なき侍り、聞給へりや」と父に尋ねさせ、翌朝は病をしのんで父のもとに至り、杜鵑の事を問うたのであった。

　ほとゝぎす初音きゝつといひし人のなきたまかへれ今朝はしばなく

その追憶はその頃の日記に折々現われている。

　当夏は去年より杜鵑最も多し、此頃しば〱鳴を聞けば、なき人の事いとゞしのばるのみ（同四月十八日）。

杜鵑は血を吐いて鳴くという、その断腸の声はいつも亡児の追憶をよびさましたのである。

長男の死は馬琴の希望をうち砕いた。悲しみのために、今は筆をとって著述にふける余裕もなかった。だが、一家を支える身には、いつまでも悲しみに晏如《あんじょ》たるをゆるさない。彼はすすまぬ心をふるいおこして、渡世のために著述をつづけたのであった。

当月に入、去年琴嶺《きんれい》（宗伯の号）病中の事抔何《など》となく胸にうかみ、月日うれはしく慰めかね候へども、勉めて著述の筆を執れり。渡世のせんかたなき事察すべし（天保七年三月八日）

宗伯の校正の手伝い

宗伯は病気のために本業を廃したが、父の原稿の下よみをし、誤謬《ごびゅう》を指摘し、また校正の手伝いなどした。

宗伯の歿したのは五月八日であるが、その月の朔日《ついたち》には、ちょうど『八犬伝』第九輯巻の十一、百十二回の原稿が出来た。宗伯はそれを知って、妻をしてその稿を取り寄せさせ、父のとめるのも聞かずに、二日の朝から病苦をしのんで、その稿本の誤脱に朱を加え、付紙をして、父にかえしたのである。それが稿本校正の最後であった（『後の為の記』）。本業こそはかんばしくなかったが、父の著述のよき幇助《ほうじょ》者として、かなり功労があった。『辛卯日歴』を見ても、八月の末頃からは、ほとんど毎日のように、宗伯が校正に従事したことがわかるのである。馬琴は長子を失うと同時に著述の適当な助手を失ってしまった。『八犬伝』第九輯巻十二下の附録で、その悲痛な思いを、書林文溪堂に告げる言葉として述べている。

さしも頑健であった身体も、長男の死とともにひどく衰え、背は曲り腰は痛むという有様であった。著述も長男の歿した天保六年(一八三五)頃から、その数を減じ、二三種の続篇をつづけただけで、新作を出すことは稀であった。体力は衰え、収入も思うようではない。一家の前途を考えると暗澹たるものがあった。馬琴が書画会を思い立ったのも、孫たちの行末を思えばこそであった。

書画会

馬琴が七十の賀筵《がえん》を名にして書画会を開いたのは、天保七年八月十四日のことで、場所は両国柳橋の万八楼であった。その会の模様は、その日の日記及び林宇太夫(萩侯の奥家老)に与えた書面(有朋堂新撰書簡集)に詳しい。

書画会などということは、畢竟《ひっきょう》利のためにするもので、風流に似た大俗事であると、馬琴は考えていたのであるが、『南総里見八犬伝』の板元丁子《ちょうじ》屋平兵衛や書家の松本薫斎などのすすめもあって、とうとう決意したのである。ふだん交際もない人々の門を叩き、出席を乞うなどという事は、身を斬られるより辛かったが、世話人などのすすめもあって、高名な文人墨客の宅などへは、自身駕籠《かご》で両三日も出歩いた。その甲斐があって、当日は意外の盛況で、万八楼は中座敷四十畳、左右二十四畳、別席十二畳、およそ百十数畳の座敷が立錐《りっすい》の余地もないほど人々が参集し、その日膳札・肴札は千二百八十四人前も出た。東条琴台《きんだい》・渡辺崋山・歌川国貞・柳亭種彦《りゅうていたねひこ》・屋代弘賢《やしろひろかた》など、当時著名な文人墨客はほとんど網羅された観があった。馬琴の声名をしたう人々がいかに多かったかが想察されるのである。

当日の配り物としては、画賛の帛紗《はくさ》二百五十幅、画賛扇三千本、長寿磁盃《じはい》一千箱などが用意された。帛紗の画は沖一峨《いちが》の筆であったが、賛歌は馬琴が書いた。扇子も半分だけは彼の筆であった。当日席上でたのまれた扇子・絹地・唐紙なども、みな自宅へもちかえり認めて、それぞれに配ったのである。

孫の太郎のために御家人株を買う

身を斬られるよりもいやな思いをして書画会を開いたのも、孫の太郎の身の上を案じての事であった。その時太郎は九歳、その母親は三十路《みそじ》を多く過ぎぬほどであった。もし自分が死んだら、この一家はどうなることであろう。親子分離せずに、人並々に成長させてやりたい。それには一定の収入の道をつけてやるのが上策である。その年の七月上旬小禄の御家人株（鉄砲組同心）を金に代えて譲り渡そうというもののあるのを聞いた。馬琴はそれを耳寄りな話として、金策に苦心した。翌八月十四日の書画会もその準備であった。幸いにして談合調い、公許を得て、十月二十八日にその名跡へ抱え入れられることになった。ただし太郎はまだ幼少で、勤めることができなかったので、太郎の母親の親戚に当るものを、宗伯の仮養子にして、滝沢二郎と改名させ、太郎が十六歳になるまで代って勤めさせることにしたのである。

天保七年八月に両国の万八楼で古稀の賀筵を催し、その年の十一月十日に神田同朋町から、四谷信濃坂に移転した。居をかえた事情は、孫の太郎のために、鉄砲同心の株のついた古家を買い求めたためであった。

信濃町に転居

株を金にかえるような御家人の住いであるから、乱雑に住みあらしたあばら屋であった。その場所も四谷信濃坂といって、永井信濃守の下屋敷の裏手青山六道の辻に近き辺土《へんど》であった。文政七年以来住み馴れた神田の土地をすてて、辺鄙《へんぴ》な土地に移るべく余儀なくされた老の心は淋しかった。林宇太夫に与えた書中で（天保七年十二月五日）

私事山の手は嫌《いや》に候へ共、人の行衛は心にも任せぬ者にて、思ひがけなき所に余命を送り候、仕合に御座候。

といっているが、山の手嫌いの彼が、晩年四谷の辺土にまでおちのびるとは、想像もしなかったことであろう。翌天保八年十二月晦日の日記にはかようにしるさ

一年ぶりの銭湯行

れている。

四半時前より予太郎同道にて辻銭湯へ罷越し入湯す、七月以来久しく不レ浴故也、銭湯は去年十一月転宅後はじめて罷越す、行歩不便の故也、ざくろ口出入不自由、且垢《あか》も多くなし、帰路同所茶店にて休息いたし、からくして九時頃帰宅す。

七十一歳の老翁が十歳の孫をつれて銭湯に行くさまである。平生出不精の馬琴は、外へ出て入浴することも甚だ稀であったが、これは去年十一月転宅後一年ぶりの銭湯行であった。その新しい住いが町家に遠ざかり、附近に銭湯などもなかったためであろう。老翁と子供の足とはいいながら、四つ半(午前十一時)前から、九つ(正午)頃までかかり、途中茶店に休息して、ようやく帰宅するという有様であった。老の心の淋しさが思いやられるのである。

御家人株の購入、破屋の修築などで、その費用は大分かさんだ。もとより貯えとてもない身であるから、その算段に頭をなやました。借財をしては、あとに憂えを残すことになるので、年頃衣食を節して求めておいた秘蔵の珍書を売って、その費用にあてた。『著作堂雑記』に愛書を手放す苦衷《くちゆう》がのべられている。

予壮年より衣食を省《はぶ》きて和漢の書を購求《あがない》めたるもの、無慮五六十箱、就レ中《なかんずく》珍籍写本は苦心年をかさねて近頃得たるもすくなからざりしを、皆黄白《こうはく》に易《かえ》て、今は十が一にもなし、人間の得失かゝることおほかり。

書画類の売却

天保七年九月十六日に第一回の売立をなし、それによって大体転居の費用を得たのであるが、なお諸雑費の加わるにつけて、次々にその蔵書を手放して行った。『房総志料』の如きは、『八犬伝』が未だ完成せず、必要な書ではあったが、財用足らざるままに、その大要を抄録して、木村黙老に売却した。世上に稀な自著の合巻までも手放し、書画類も金目のものは多く売払ったのである。

今日箱入のかけ物六七ふくお路とり出し曝暑《ばくしよ》（ママ）す、よろしきかけ物は去秋取出し沽却《こきやく》いたし、今は残る所多からず、夕方お路とり入畢、（天保八年七月十八日）

今日漢籍一箱曝暑す、去秋より蔵書大かた沽却し畢、残るものすくなし、(同七月二十日)

その蔵書は五六千巻六十余櫃《ひつ》に及び、曝書にも数日を要したのであったが、今はその大半を失い、長男に先立たれ、その身は老い、眼は昏《くら》むという有様であった。妻は癪気《しやくけ》で、娘どもと折合がわるく、一家内には風波の絶え間がなかった。天保九年閏《うるう》四月十日の日記に、「七年以来吾家治らざるは、畢竟吾不徳の致す処、人を怨むによしなし」と書いたが、それは偽らざる悲鳴であった。

天保十四年四月に、将軍家(慶家)日光へ参詣につき、太郎もその供の列に加わることになった。太郎は十匁筒の鉄砲をほしがるが、それを求めてつかわすべき金がないので、馬琴は当惑した。今は目ぼしいものは売りつくして、わずかに『兎園小説』が残っていた。これは琴嶺(宗伯)の書画なども交えて、昔をしのぶ珍籍であるから、子孫に残そうと考えていた。だが結局孫の愛にほだされ、折から来訪した小津桂窓に意衷を示して、五両に売り、太郎のために鉄砲を購ってやった。

『兎園小説』に対する愛着は深かった。その後も買い戻そうと苦心したが、著述の潤筆料も昔に比べると半分にも足りなかったので、五両の金を調えることも困難であった。その書物は永久に彼の手にかえらなかった。

不幸が続く

信濃坂に居を移してから、滝沢の一族には不幸がつづいた。翌天保八年七月には女婿《じょせい》の清右衛門が死んだ。馬琴のために、日常の雑務を何くれとなく勤めた篤実な婿であった。同じく十一年には妹が死んだ。翌十二年二月七日には、妻のお百が七十八歳で死んだ。比翼の契りこまやかというほどではなかったが、とにかく五十年近くも連れ添うた妻であった。

盲目となる

晩年不幸が続いた中でも、その身が盲目になったほどいたましい事はなかった。ふだん眼力をたよりに暮らしている者に取って、その眼がかすみ衰えて来たということは、まさしく致命的なことであった。眼病は滝沢一家には宿命のようなものであった。祖母のお菊も眼病をわずらい、妻のお百にも眼疾があった。悴の宗伯は弱冠より眼気薄く、折々眼中に赤曇が生ずるという有様であった。その中でも馬琴の失明は、その一家にとって大きな打撃であった。

眼に異状がおこったのは、天保二年六十五歳の八月頃であった。ふだん丈夫な彼は、それほど頓着もなかったが、天保五年の二月になると、病勢が悪化して、右眼に痛みがおこり、見えなくなってしまった。四月頃からは左眼も痛み出し、目やにが出てかすんできた。

当時一家の経済状態は、「年々費用多く、旦暮《たんぼ》に給するに足らず」(『著作堂雑記』)ぬ有様であったので、十分に眼疾の保養をする余裕がなかった。夜分だけは著述の筆を休め、休養しようとしたが、それでもなお『八犬伝』の原稿は続けていた。幸いに左眼は残ったが、長男宗伯の死に引き続き、信濃坂に転居し、さらに清右衛門に先立たれるなど、あわただしい日が続き、辛労が重なった為か、ようやくその眼も衰えて行った。天保十一年の正月には細字が見えなくなり、ついに著述の廃業さえも思いたったほどであった。しかし一家の行末などを考えると、そうすることもできず、一方では未完成の『八犬伝』への執着も残っていた。何とかして衰えかけた老眼を支えようと、壹両壹分もするという厚眼鏡をかけてみたが、さして効果がなかった。

今はもののあやめも見えわかぬほどであったが、その年は兎に角原稿を書き続けた。一日に一丁余も書けば上出来で、それもさぐり書きであった。口絵など見せられても、見ることができず、挿絵原稿などもそのあらましを作るばかりであった。今まで『八犬伝』の稿本は、十一行の細字で書いていたのであるが、これを六行又は五行の大字とし、しまいにはそれも見えかねて、手加減だけで書いたのである。それも十一月になると、すっかり見えなくなって、もう一字も書くことができなくなってしまった。気丈な馬琴もこうなってはどうすることもできない。机を退け筆を投じて、嗟嘆するばかりであった。

ながらふるかひこそなけれ見えずなりし書巻川《ふみまき》に猶わたる世は

筆取る者が、めしいては生甲斐がないと思い、その年の秋から翌年にかけて、人の薦《すす》める医師を三人までかえてみたが、少しも効験がなかった。稿を続けることは、思いも及ばぬ事ではあるが、『八犬伝』の終局もすでに近づいている。始があって終がないのは、何としても物足りないことであった。そこで天保十二年（一八四一）の正月からおみちの手を借りて、それを大成しようと決心したのである。

八犬伝の完成

八犬伝九輯四十六の巻口お路に口授致、字を教て下書をなさしむ、八ツ半時より夕方迄也、三丁出来。（天保十二年正月六日）

すなわち第九輯巻之四十六第百七十七回の中、音音《おとね》が大茂林《おおもり》浜で再生する段から代筆させることにし、一字毎に字を教え、一句毎に仮名遣を教えて稿を続けたのであった。『回外剰筆《じょうひつ》』にその間の苦心を伝えているが、必ずしもそれは誇張の言ではなかった。

国貞画馬琴肖像（『南総里見八犬伝』第九輯巻五十三、挿絵）

教えて書かせるものの苦心はいうまでもない。教えられて書く者も、平生見もならわぬ難詰な文字や言葉の多いのに、あたかも夢路をたどるような心持がして、困じ果てては泣くばかりであった。縫針《ぬいばり》のわざや炊《かし》ぎする手で、筆取ることの無理なことを知り、幾度か中止しようと思いながら、月日を重ねる間に、その年の秋八月二十日、結局大団円まで稿することができたのである。『著作堂雑記』によると、九月十六日には、丁字屋平兵衛同道にて画工国貞来訪し、馬琴の肖像を写し取った。それは八犬伝第九輯巻之五十三下の挿絵としてのせることになった。左眼はすでに全く病衰して、かすかにも見ることができなかった。その肖像の似た似ぬなどと人の噂するのを、彼はいたずらに眼をしばたいて苦笑するばかりであった。

なまじいに長寿にめぐまれながら、今は全くめしいて、物のあやめもわからぬ有様である。そういう不如意な状態にあって、近親のものから次々に取残されるのは、さすがに淋しかった。幸いに媳《よめ》のおみちが家にあって、身の廻り万端、著作の仕事まで手伝ってくれた。孫の太郎もようやく生長して、今は勤めに出られるほどになった。それがせめてもの慰めであった。

死とその前後

こうして馬琴は、嘉永元年(一八四八)十一月六日、その多難な生涯の幕を閉じた。享年八十二歳であった。

彼はその長い一生の間、家族の不幸のために、また著述の忙しさに追われて、ほとんどその心の休まる暇がなかった。著述に志すものがおそらく誰でも希望するように、この世の煩雑から脱れ、自由な境涯にあって、思うままに筆硯に親しみたいと幾度か願ったのであった。

馬琴ははじめ生活の安定を得て、戯作の道に精進しようとして、会田《あいだ》家に入夫したのであったが、そこには卑俗な家務と、無知で愚痴《ぐち》っぽい妻がまっていた。生活の方針を建て直し、学問にも精進して、その作も年々世評を高めて行ったが、一家の責任者としての煩雑さからは、終世のがれることができなかった。長男を別宅させ、長女に聟を取り、その身も剃髪して、神田に隠居したものの、それは名目だけであった。その子は重病に悩まされて、半起半臥の身になり、妻と和合せず、娘たちと母との折合もよろしくない。一家には風波が絶えなかった。苦しい生涯であった。

世の中のやくをのがれてもとのままかへすはあめとつちの人形

馬琴はこういう辞世の歌を残して、息をひきとった。

発病したのは十月十三日であった。主治医は草間宗仙であったが、病状のすすむにつれて、家族のものは名医の診察を乞おうとした。馬琴は

若い者か、余命をむさぼる者ならば、それもよかろうが、自分はこんな老齢になって、今さら医者の選《え》り好みなどはいらぬことだ。

といって、これを却けた。それでも家族は心もとなく思い、中島玄伯の診療を乞うたのであるが、どうすることもできなかった。年齢からいえば何もいうことはない。それに今さら余命をむさぼろうという考もなかった。発病以来天命を覚悟していた。たいして苦しむこともなく、心の騒ぎもなく、五日の夜に遺言し、六日の暁、寅《とら》の刻(午前四時)にこの世を去ったのであった。

辞世の歌にもらしているように、馬琴はこの世の厄をのがれたような、さばさばした思いであの世に旅立って行った。八十二年の生涯で、力の及ぶことだけ

深光寺にある馬琴の墓

はやりとげたのである。彼は決して現実を回避しようとはしなかった。つぎつぎにおこる一家の不幸を、りっぱに堪えて来たのである。信ずることの厚い彼は、信ずるままに物事を処理しようとした。それにしてもかなり複雑な一生であった。彼は今やこの世の煩雑からのがれて、ほっとしたような思いで、安らかに睡《ねむり》に就くことができた。折々胸痛を覚えるだけで、治まった時は、雑談平日にかわらぬさまであった。死の前日までそうであった。もがいても仕方がない、もがく必要もなかった。彼は平臥したまま、あせらずに死の近づくのを待った。

翌々日その遺骸は小石川茗荷谷《みょうがだに》の深光寺に葬られた。会するもの三百五十余人であった。孫の太郎は病中のため駕籠で供に加わった。法号は著作堂隠誉簑笠《さりゅう》居士であった。

五　家族の人たち

文政元年(一八一八)に宗伯が別居した神田同朋町の家には、その後文政七年に馬琴が飯田町から移り、同十年には宗伯はおみちと結婚し、その間に三人の子が生まれた。かくして神田の住いは馬琴夫婦、忰夫婦に孫三人の七人暮らしであったが、いろいろ問題が多く、円満な家庭生活というわけにはいかなかった。

妻のお百の愚痴

生活の安定を得て、著述に没頭したいという下心から、馬琴は会田家に入夫したのであるが、妻のお百は彼にとっては生涯の悩みであった。彼の日記などを見ると、妻の無学のために、またその持病の頭痛・癪気のために、いかにわずらわされたかが、詳細にしるされている。例えば「昼後お百積気に付打臥云々」(文政十一年六月二十日)、「お百持病の頭痛今日は堪がたきよしにて、昼飯後より平臥」(天保二年九月三日)などの記事がよく見受けられる。

お百を中心にして滝沢一家には折々波瀾が生じた。息子の宗伯も馬琴には敬意を払ってよく仕えたが、母に対しては侮りがちであった。

お百持病癪気にて乳の下いたみ候よしにて日暮より打臥す、宗伯は如レ例貪着《とんちゃく》せざるにより予熊参丸《ゆうさんがん》とり出し、服薬いたさせ寝に就かしむ、当分の症也。（文政十年正月十六日）

などの記事からも、宗伯の母に対する態度が察せられる。娘どもとも折合がわるかったらしい。「この節お百事に付娘ども苦労いたし、かれ是心配云々」（天保九年四月二十日）とか、「夜に入お百又予に対して怨言をのべ、捨身すべしなど云、予徐《おもむろ》にこれを諭して、七年以来吾家治らざるは、畢竟吾不徳の致す処、人を怨むによしなし、夫婦七十余歳に至れば、余命幾《いくばく》かあるべき、無益の怒りに心を労する事なかれと、万事我不徳にして致す所を以教諭す云々」という記事が見られる。

年上の女でもあり、無学でもあり、持病もあったので、勢い愚痴ひがみが多く、子供たちはともすれば悔りがちなので疳癪《かんしゃく》をおこし、一家に風波をまき起したものであろう。馬琴は例の癖で諄《じゅん》々《じゅん》と説法するが、かえって怒をますだけで、ほとほともてあましていたようである。

妻のお百にも増して、馬琴の心を痛めたのは伜の宗伯であった。宗伯は馬琴の秘蔵っ子で、これを理想的に育て上げ、「人がましい」ものにしようとした。そして細心の注意を怠らなかったのであるが、結局失敗に終った。宗伯が生まれてから死ぬまで、馬琴の心は一日も休まる暇はなかった。その期待は事毎に裏切られた。

宗伯はひよわい生まれつきであった。父の監督の下《もと》に、早くから書画を学んだのであるが、癇癥《かんとう》の病があって、眼気薄く、手はぶるぶるとふるえ、揮毫《きごう》などは思いもよらないことであった。馬琴は自分が志して果さなかった医道を、宗伯に学ばせようとして、山本春浣《しゅんかん》・鈴木良知・小坂元祐などの門に入れた。そしてとにかく一人前の医者に仕立て、松前侯のお抱えという事にした。ところが生れつきひよわな宗伯は、まず脚気を病み、ついで眼疾にかかり、なお咽喉を患い、ついに文政六年正月、松前家祝儀の席上で、にわかに足腰が立たなくなってしまった。秋になり、病は多少怠るように見えたが、本復に至らず、両三年の間は半起半臥の状態であった。

療養の甲斐があって、病は七八分癒《い》えたので、文政十年に結婚させ、翌年の二月には長男の太郎が生まれた。その喜びも束の間で、四五月頃から再発し、暴瀉《ぼうしゃ》甚だしく、やせ衰え、舌頭に瘀《お》血塊《けっかい》が生ずるという有様であった。馬琴は我が子の病状を見て、これはただ事ではない、何かのたたりであろうと考えるようになり、今まで軽蔑していた風水方位の書などを研究し出した。

風水方位の書

その書には、南向の居宅の南方が陥って、止水のあるのは宅相によろしくないと書いてあった。また正南は宗伯の本命《ほんめい》にとって天医に当っていることが判明した。楽しみに掘った池ではあるが、宗伯の健康に障りがあると知っては、埋めないわけにはいかない。文政十一年暮に、辻駕《つじかご》新五郎を呼んで、すっかり埋めてしまった。池を埋めても、宗伯の病気は快方に向かわなかった。池を埋めた土煞《どさつ》のためかも知れないと考え、浅野正親をよんで調べてもらうと、果して金神煞《こんじん》をうけたのであった。また大騒ぎとなり、吉方《えほう》の土を取って、池を埋めたところへ敷きならし、正親に依頼して、栗樹符を土中に入れてもらったりした。

療養に手をつくし、辛うじて死を免れたが、それからは寒暑にも堪えない身体になった。歯痛・頭痛・水瀉《すいしゃ》・脚気・咳嗽《がいそう》などで寧日のない有様であった。人の治療などは思いもよらず、松前侯に参ることも稀で、外出もほとんどしなかった。

馬琴は殿村篠斎《じょうきい》あてに、こういう手紙を書いた。

大部の小説を作り初め候節、末々迄は考ずに書おこし候へ共、しかれども始終はかよう〳〵と大づもりのくゝりをつけぬ事はなし、しかるに我が生涯の小説は、この末いかや

子供の躾け方

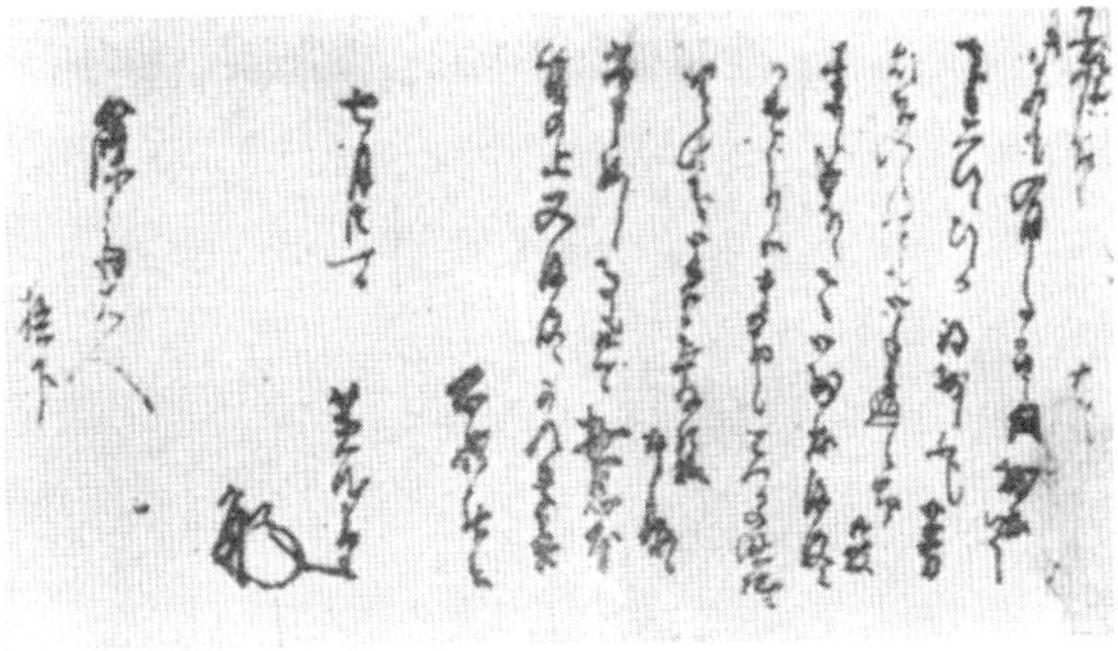

滝沢馬琴の殿村篠斎あての書状（早稲田大学図書館蔵）

うのすぢになり及団円《だんえん》候哉、実にはかりがたく奉存候。

一家の行末を考えると、全く暗然とした気持になるのであった。自分の生きている間は、何とか妻子を養うこともできるであろうか、肝腎《かんじん》の跡つぎがこういう状態では、将来どうなることであろう、馬琴は不安な気持で一日々々を過ごして行った。

宗伯はかぼそい生れつきで、幼少の頃から群童と遊ばず、ただ家庭内に蟄居《ちっきょ》していた。それは病身のせいでもあったが、馬琴の躾《しつ》け方が厳重であったためでもあった。自尊心の高い馬琴は、その子が張三李四《ちょうさんりし》の子供等と遊ぶのを好まなかった。宗伯は父の監督の下に、子供らしい楽しみも知らずに成長した。「夏日祖《はだぬ》がず、衣を解かず、冬日炉によらず、臥して物語せず」と、馬琴もしるしているように、行儀正しい息子であった。

年頃になっても遊里に遊ばず、戯場にもめったに足を入れなかった。総角《あげまき》の頃から深く弁才天を信仰し、日暮《にちぼ》黙禱したが、戊辰《ぼしん》の日には必ず江の島詣でをした。往復二日の旅費は、南鐐《なんりよう》一片で足りたという位に、その旅は質素なものであった。十八歳の時に、山崎平八に連れられて関西旅行をしたが、その間平八がいかにすすめても、遊里はおろか雑劇をも見ようとせず、ただ父から示された名勝故跡、神社仏閣のみを詣でて帰った。

宗伯は到底時代の人ではなかった。浮世から見棄てられた変人であった。彼は自分が人並でないことをよく知っていたが、病弱の自分の身をどうすることもできなかった。多病のために交友もなく、酒宴遊楽にも自然遠ざかるという風であった。ただ心静かに閑居することを欲した。妻に対しても、自分には少しも楽しみがない。ただ家の中を綺麗に掃除し、独坐閑居して、煙草を燻《くゆ》らすだけが楽しみだともらしていた。道徳的に育てられた彼である。かりにも後暗い曲ったことはしないという正直な人物であった。臨機応変の才には乏しいが、その代りに何事にも几帳面《きちょうめん》であった。日毎にその日の算用を合わせ、一文でも合わなければ、夜通しでもその費途を考えるという風であった。それは親の遺伝でもあったが、やや病的な綿密さであった。

病的な綿密さ

部屋の掃除なども丹念であった。「宗伯今日は快方に付、今日より東の三畳上下さうぢ両三日かゝるべし」（文政九年六月晦日）と、馬琴も書いたように、わずか三畳の部屋の掃除に両三日もかかるという有様であった。病身のためでもあったが、その性格が極端に潔癖であったためでもあった。曝書《ばくしょ》の際なども、一冊ごとにかき払い、皺《しわ》をのばし、切れた糸を綴じるという風であった。

宗伯は性来梅を愛していた。そこで馬琴は玉照堂の別号を選び与えた。玉照堂は宋の周密の梅園の名である。宗伯はおのが性格の短所を知っていて、それを直そうとして守忍庵と自ら称し、疳症《かんしょう》の発作《ほっさ》を抑えようと努力した。父に対しては極めて孝順で、父と別居の間は、日毎に飯田町の旧宅を訪ねて安否を問うた。同居後は毎朝父の脈を見、夜も父の枕辺に来て、挨拶をすましてから臥房《がぼう》に退くという風であった。

宗伯は火事を恐れ、また雷と地震を甚だしく惧《おそ》れた。暴風も苦手で、夜分風のはげしい時は、端然と坐ったままで夜の明けるのを待った。しかしそれにもまして父を恐れていた。自分に比べると、父は身心ともに偉大であり、彼が生長した頃には、父の名声はすばらしいものがあった。彼は一も二もなく父の前に叩頭《こうとう》した。が、馬琴が大きければ大きいほど、その蔭に生長する草はあわれであった。

馬琴は鈴木牧之《ぼくし》に手紙を書いて、「市中にて無疵にそだてあげ申候、手段いろ

〳〵也」（文政元年七月晦日）と吹聴した。あたかも己が作中の人物をこね廻すような態度で、その子をいじり廻したのである。誘惑の多い市中にあって、茶屋酒も知らずに育て上げたことは、たしかに成功であった。自分の青年時代の不良な経験に鑑みて、「手段いろ〳〵」に講じたのであるが、結果から見れば、その子の生気を枯らしてしまった。作りあげたものには無理があり破綻《はたん》がある。その破綻は疳症の発作となって現われた。抑えられて内に屈した欝気は隙《すき》を見ては爆発した。父もそれを如何ともすることができなかった。

妻のおみちと和合せず

その疳症は、妻のおみちに対しても強くあらわれた。おみちが癪をおこして寝ていても、宗伯は少しも顧みようとしなかった。

> 宗伯義も夜食後より頭痛いたし候哉之よしにて打臥候内、おみち癪にて難義いたし候へ共、一向不レ構、依レ之お百薬のせわいたし、予薬たんすの奇応丸とり出し候処、宗伯存寄に不レ応、依レ之如レ例癇症つよくさし発《おこ》り候に付、予辛じてとり鎮《しず》め、水天宮神符を

のませ、四時より臥房へたすけ入れ、四半時頃余並にお百等就寝。（『辛卯日歴』八月十八日）

馬琴やお百は、おみちの苦しむのを見かねて服薬させようとすると、宗伯は痞癪をおこして、前後のわきまえもなくあばれまわる。ようやくそれをとり鎮めて、水天宮の神符をのませ、蒲団の上に寝かしつけるという有様であった。痞症が昂《こう》ずると、馬琴の権威を以てしても、どうすることもできなかった。興奮の静まるのを待って、静かに説諭を加えるようにしていた。

父と母とは和熟しない。母と子とも折合がわるい。子はその妻と仲がよくない。滝沢一家には悩みの日が続いた。父は学問があり過ぎた。とかく聖賢の道をもって説法しようとする。理詰《りづめ》に納得させようとするが、母は無学である。無学だというひがみがあり、時々持病の癪気がおこる。愚痴はいよいよ昂ずる。子は半起半臥の癈人である。外出さえろくろくできず、気分はいやが上にも欝積する。父には頭があがらないが、母は組し易い、そこで折々は不遜《ふそん》な言も吐いた。病弱の身では妻に満足を与えることもできぬ。そこで妻に対して嫉妬《しっと》もおこり、夫婦喧嘩にもなり、妻の方でもつい心得違いの挨拶をすることにもなる。さしもあらぬ書附にまで、夫は妻に対して疑いの目を向けるのであった。日記などに折々両人の関係がもらされている。

おみち事、宗伯へ心得違之挨拶いたし候由にて、塞ぎ強く候に付申寛《ゆる》め、尚又お百を以、おみちへ異見加候様申付おく。(『戊子日記』五月二十二日)

おみち事に付、宗伯内々予に告る事有レ之、右書付お百へ為二心得一内々見せ候て、秘し置く(同七月二十二日)

宗伯癇症夫婦不和之様子に付、教訓申聞推鎮め、並におみちへも意見申聞無事に治畢《おわんぬ》。(『辛卯日歴』十二月二十三日)

さすがの馬琴も、悴夫婦の不和にはほとほと閉口した。妻の愚痴や癇癪も手の施しようがなかった。一家には風波の絶え間がなかった。馬琴はそれを「内乱」とよんでいた。彼は内乱のおこるたびに、皆己が不徳のいたす所となし、なるべく円満に事を納めようとした。その点さすがに学問をしただけの効能はあった。彼の調停がなかったら、宗伯夫婦は疾《と》うに破鏡の嘆を見たであろうし、彼もまた自制力がなかったら、その妻と早く別れてしまったであろう。

下女の出入りが多い

病人がいるので、どうしても人手が足りない。そこで下女を雇い入れたが、なかなか落着いて勤めてはくれなかった。天保二年には、まさ・たい・せき・かね・もと・まき・政という七人の下女が入れ替っている。虚病をつかったり、実家に行ったまま帰って来なかったり、裏口から出奔したりするような下女であった。馬琴はそのたびに、「不埒《ふらち》かぎりなし」「言語道断之癖者《くせもの》也」などと、日記に書きしるして、憤懣《ふんまん》をもらした。不貞寝《ふてね》をしている下女の枕もとに坐って、諄々とその不心得を説いたりするのだが、なかなか眼鏡にかなうような下女はいなかった。

必ずしも虐待《ぎやくたい》したわけではなかったが、下女の居つきがわるかった。家庭が武家気質《かたぎ》で、かなり厳格でもあったし、いつも病人があって、陰欝であったためでもあった。「此節無人難渋限りなし」といって、折々馬琴は嘆息した。下女の出入りの多いことは、馬琴の心をいらだたせた。著述がさまたげられるのを、何よりも惧《おそ》れたのである。

妻のお百も悴の宗伯も物の用にはたたない。下女は始終入れ替って落着かない。満足なのは嫁のおみちだけであった。

晩年の馬琴にとって、おみちは欠くべからざる秘書役であり、相談相手でもあった。宗伯歿後の一家の処理、馬琴の盲目後の著述など、彼女の力に負うところが少なくなかった。馬琴の日記に、

去冬十一月転宅以来、お路殊に立はたらき、実に寸暇なし、彼なくばあるべからず。（天保八年三月十五日）

とあるが、人を褒めることの嫌いな馬琴から、「彼なくばあるべからず」と感謝

されるまでには、彼女にも並々ならぬ苦労があった。苦労するために滝沢家に嫁入りしたといっても過言ではなかったのである。

おみちの生家

おみちの父土岐村元立は、岩瀬家、後に三浦家に仕えたお抱え医師であった。兄の元祐も医師であった。おみちが宗伯のもとにかたずいて来たのは、文政十年三月のことである。宗伯は文政六年以来重病にかかっていたが、療養の結果、その病も七八分通り癒えたので、父のはからいによって、結婚するに至ったのである。

おみちの嫁入

悴の痼疾《こしつ》等のために、神経質になっていた馬琴は、その縁談に際して、関帝籤《かんていせん》によってその吉凶を占《うらな》って見た。第八籤を得た。

第八籤甲辛上上大舜耕ニ歴山一

年来耕稼《こうか》苦《しむ》レ無《きに》レ収　今歳田疇《でんちゅう》定《めて》有《らん》レ秋《みのり》

況《いわんや》遇《う》太平無事《の》日　士農工賈《こうか》百無憂

婚姻によろしいというほどの籤ではないが、必ず生育あるべき吉兆が現われたので、土岐村氏の女をめとらせることにしたのである。

宗伯は三十歳になっていた。息子の嫁については、馬琴も早くから心がけていた。文政元年に宗伯が別居した際に、適当なものもあらばと、越後の牧之まで希望を申し出たほどであった。江戸市中の娘は蓮葉《はすつぱ》に育つので、安心がならない。田舎育ちの貧家の娘でも結構だから、筋よく育った素直な女子が望ましい、貞実でさえあればほかに望みはないというのであった。が、その眼鏡にかなう女はなかなか見つからなかった。それに宗伯は間もなく大病にかかり、嫁さがしどころではなかったので、縁談ものびのびになっていた。

土岐村の女が果して馬琴の理想通りの女であったかどうかはわからない。ただ、今は婚姻を急いでいる際であるし、嫁の実家が息子と同業であるということなどから、馬琴の注意を引いたのであった。

嗣子に宜しけれども婚姻に妙ならず、籤の吉凶其度にたがはず、後に至りて悟ることあり（『後の為の記』）

といっているように、一男二女をあげることができたが、夫婦仲は必ずしも円満ではなかった。宗伯の病弱とその偏固《へんこ》な性質がわざわいしたのである。

婚姻した頃は、その病もやや小康を得ていたが、本来その病気はほとんど先天的なもので、一朝にして全癒するというような単純なものではなかった。

おみちは夫の看病のために、滝沢家へ嫁入りしたようなものであった。しかもその半病人には癇癖短気の発作があった。平生は甚だ温順であったが、一度その発作がおこると、父の馬琴でも手のつけようがなかった。妻のおみちは、さしもあらぬことまでも、夫から叱り懲《こ》らされた。何事も病の所為とあきらめなければ、到底辛抱のできるはずはなかった。だが、若い身そらで、半病人の夫に叱られながら、陰惨な生活を送らなければならないと思うと、さすがにその身のあじけなさが感ぜられた。あまりに理不尽な夫の言葉に、折々反抗する気持にもなった。気の弱い夫は妻から反噬《はんぜい》されてひどくふさぎこむのであった。そのたびに馬琴は息子をなだめ、嫁《よめ》に意見を加えた。

発作の時だけの気難《むずか》しさなら我慢もできようが、平静の場合でも、宗伯の妻に対する態度は、愛情のこまやかなものではなかった。病身でかたくなな彼は、垂れこめがちで、陰気くさく、冗談《じょうだん》などいえる性質ではなかった。厳格な父の教訓に育てられたことが、妻に対して一そう水臭いものにした。抑えられて内攻した欝気は、宿症となって爆発し、その度毎に母や妻を苦しめたのである。

おみちはどちらかといえば、勝気な女であった。卑屈で陰気な夫とはそりがあうはずがない。妻は夫を尊敬しようとせず、夫もまた妻をいたわろうとはしなかった。

実家との板挟み

夫から冷遇されたおみちは、実家との板ばさみになって苦しんだ。結婚の当初は、馬琴も土岐村父子を信頼し、文政十年に大病にかかった際などは、その親子に診脈をとらせたほどであった。その後宗伯が大病の際にも、土岐村は診療に加わったが、馬琴はすでにこれを俗医として、信頼をおこうとはしなかった。医師として重きをおかなかったばかりではなく、何かにつけて土岐村父子のやり方に不満をもっていた。

土岐村の老母

土岐村の事といえば馬琴は眉を顰《ひそ》めた。そばにいるおみちに取っては、それも心苦しいことであった。ことに土岐村の老母に対しては、全く度し難い人物と考えていた。その老母は始終家を外にして、親戚知人などの間を泊り歩いていた。滝沢家でも度々この老尼に襲われた。馬琴はにがにがしそうに日記に書いている。

> 八半時頃土岐村老尼来る。(中略)昨夕は外へ止宿のよし、今夕より又此方へ止宿、多弁囂々《ごうごう》たり、戳《いと》ふべし。(『辛卯日歴』九月一日)

娘の嫁入先であるから、遠慮すべきはずであるのに、この老母は一向に頓着せず、平気で長逗留した。神妙にしているならまだしも、多弁囂々たるに至っては、さすがの馬琴も閉口した。おみちにとっては、実母のことであるから、帰ってくれともいえず、そういったからとて、おいそれとみこしをあげるような、生やさしい比丘尼《びくに》ではなかった。舅《しゅうと》が眉を顰める度毎に、おみちは間にはさまって、人知れぬ苦労をした。

おみちが子供達を連れて、実家に泊りに行くことは、極めて稀であった。『辛卯日歴』を見ると、

昼後土岐村元立来る、おみち当年は未レ遣候間、節句に可レ遣旨約束、雑談後帰去。(五月三日)

昼後土岐村元立来る、余対面、明後廿日おみちを年始に遣し候間云々。(同十八日)

とある。そして五月二十日に当年はじめて実家へ年始に遣わされ、一晩泊って翌日帰ったのであった。

神田同朋町から麻布六本木までは相当の距離があり、交通不便の頃であった為

でもあろうが、また当時の嫁道徳からして、勝手に実家に帰ることは許されなかった。かくしておみちは家庭内に閉じこもり、陰惨な夫や、厳格な舅や、頭痛持の姑《しゅうとめ》に仕えて、その若い頃をこれという楽しみもなく過ごした。

夫宗伯に先立たれる

そして天保六年五月には、夫の宗伯に先たたれた。同棲わずかに八年余りであった。

夫婦偕老《かいろう》に至らず、中途にして死喪《しそう》のかなしみあり、神の誨《おしえ》斯の如し。(『後の為の記』)

と馬琴もいっているように、関帝籤《かんていせん》が適中したかも知れない。いずれにしても、はかない惨めな契りであった。

宗伯の遺言

宗伯は死の前日、おみちに遺言をした。自分の命は旦夕に迫っている。お前はまだ若いから、たとえ再婚しようと自分においては何の恨みもない。ただ父母はすでに老齢に傾き、子供たちはなお幼少である。しばらくここにとどまって両親に仕え、子等の手足を伸ばしてくれるなら、それはお前の功である。功成りて後は思いのままにするがよい。また売薬のことは、年来自分の仕事であったが、その事まで父の手を煩わすのは気の毒である。これから後は、それをお前の仕事としてくれ、頼むのはただこれだけである。父は幸いに健康で、気力も旺《さか》んであるから、太郎を教え導き、人と成すについては心配がない。それにしても傍から助けるものがなければ、父も当惑するであろう。その辺のことをよくよく心得てもらいたい。その遺言の大意はこうであった(『後の為の記』)。

馬琴はなお矍鑠《かくしゃく》とはいえ、すでに六十九歳で、太郎はようやく八歳、他に六歳と三歳の幼女があった。宗伯の死にあい、頑健な馬琴もさすがに気力の衰えを感じた。宗伯はどの道あてにはならなかったが、病弱でも生きてさえいれば、何となしに気強い思いがしたものである。もとより貯えとてはなかった。一家の前途を思うと、まことに暗澹たるものがあった。だが、悲嘆にうちのめされている場合ではない。沈み勝ちな心を奮い立たせ、恥をしのんで書画会を催し、蔵書を売却し、山手住いを断行した。宗伯が死んでから、滝沢一家には多忙な日が続いた。その間おみちの働きはすばらしいものがあった。馬琴をして、「彼なくばあるべからず」と讃嘆せしめたほどであった。

なまじいに夫があればこそ、その蔭にかくれなければならない。おみちの個性は、宗伯の死によってはっきりと目ざめた。夫の遺言をまつまでもなかった。彼女は夫なきあとの一家の難事を、すべて己が身に引受けたのである。収支の計算記入、売薬の調合売弘め等、宗伯の仕事になっていたものは、一切彼女の任務として引継いだのであった。舅は一家を支えるために著述に忙しい。姑は頭痛もちで愚痴っぽく、物の用に立つべくもない。仮養子の二郎は勤めがあり、それに不実な男なので、あれどもなきが如き有様であった。ただおみちだけが寸暇なく立ち働いていたのである。

依怙地で勝気な性格

嫁入りして間もなく、おみちは夫に二分の金をもらいたいと申し出た。二分といえば大金である。宗伯はそのことを父に告げた。馬琴はその使途について問い訊《ただ》したが、おみちは執拗《しつよう》に口を緘《かん》して答えなかった。そういう依怙地《いこじ》で勝気なおみちの性格は、一家の悲境に直面して、いよいよ引締って行った。今は何よりも一家の支持者である舅の健康を祈らなければならない。これまでとても孝養が薄かったわけではないが、宗伯没後はことに老父母によく仕えたのである。

孝養をつくす

予滞食且時候あたりにて、水瀉両三度、且しぶり且腹痛す、黒丸子服用、今夜四時より就枕、お路は九時過迄夜なべ縫刺《ぬいさし》いたし、九半時頃就枕、八半時頃予厠《かわや》へゆく、お路起出燈を秉《と》る、其後又睡眠。（天保九年九月晦日）

馬琴はもう七十二歳で、右眼は失明し、左眼もまた漸くしどろもどろであった。夜中に腹痛をおこして厠通いするのを、おみちが起き出して、燭を秉《と》ったのである。老いて嬉しいのは嫁の孝養であろうが、失明後の馬琴の生活は、半ばおみちの手で支えられたといっても過言ではなかった。

一家の経済に意を用いる

彼女は老父母に孝順であったとともに、一家の経済に意を用い、目の不自由な舅を助けて収支のあうように努力した。

当春より毎月金銀出入我等お路と算用す、不眼にて算盤手に取かね候間、胸算用にて埒《らち》明かね未だ果さず（天保十二年十月三日）

盲目の老翁が、媳《よめ》を相手に金銀の出入を調べるさまは、まことに悲惨な光景というべきである。失明後は著述もはかばかしからず、原稿料も全盛時代の半ばにも達しなかったのである。庭園の果樹の払下げは、神田時代でも例年のことであったが、信濃坂に移ってからは、庭中に生じた竹の皮までもひさいで、生活の足しにしたのである。

今朝竹の皮買来る、お路少々取出し見せ候所、五月中淋雨《りんう》にてふけ候間、価三分一にも成かね候よしにて、僅に三十二文差置持去（天保十五年六月二十日）

弘化三年四月十七日の日記に、「お路他行中にて眼無レ之候間、明朝参り候様串聞」とあるが、その頃の滝沢一家では、おみちが唯一人の活眼者であった。彼女なくんば如何様にもすることができなかった。馬琴は彼女をたよりに生き、彼女もまた彼の「眼」となって働いたのである。

著作の手助け

すぐれて博覧強記の馬琴のことであったから、たとえその蔵書を失い、またしいたりとて、長年その頭に畳みこまれた知識に増減はなかったはずであるが、さすがに筆取る身には幾多の不便が感ぜられた。眼衰えては細字の写本を読むことができず、著作の校訂をすることもできなかった。おみちはその場合唯一のたよりであった。

今まで十一行の細字にしたためた『八犬伝』の稿本も、五行または六行の大字にしたのであるが、もとよりしどろもどろで、墨のつかないところもあるという始末であった。たびたび転薬しても、しるしが見えない。ようやく自分の眼に望みを失うにつれて、折々はおみちに口授し、教え書かせる試みなどもして見た。

草雙紙は大体仮名書であるから、おみちの手にも合いそうに思えたが、『八犬伝』に至っては、難解な文字が多く、なかなか婦女子の歯に立つべくもなかった。

書肆はその未完成をおそれて、代写すべき者などを薦めるのであったが、馬琴の意にかなうものはなかった。されればといって心血を注いだ著述が未完成に終るのは、何としても残念である。そこでいろいろ思いめぐらした結果、おみちによく教えこみ、その手を借りて完成

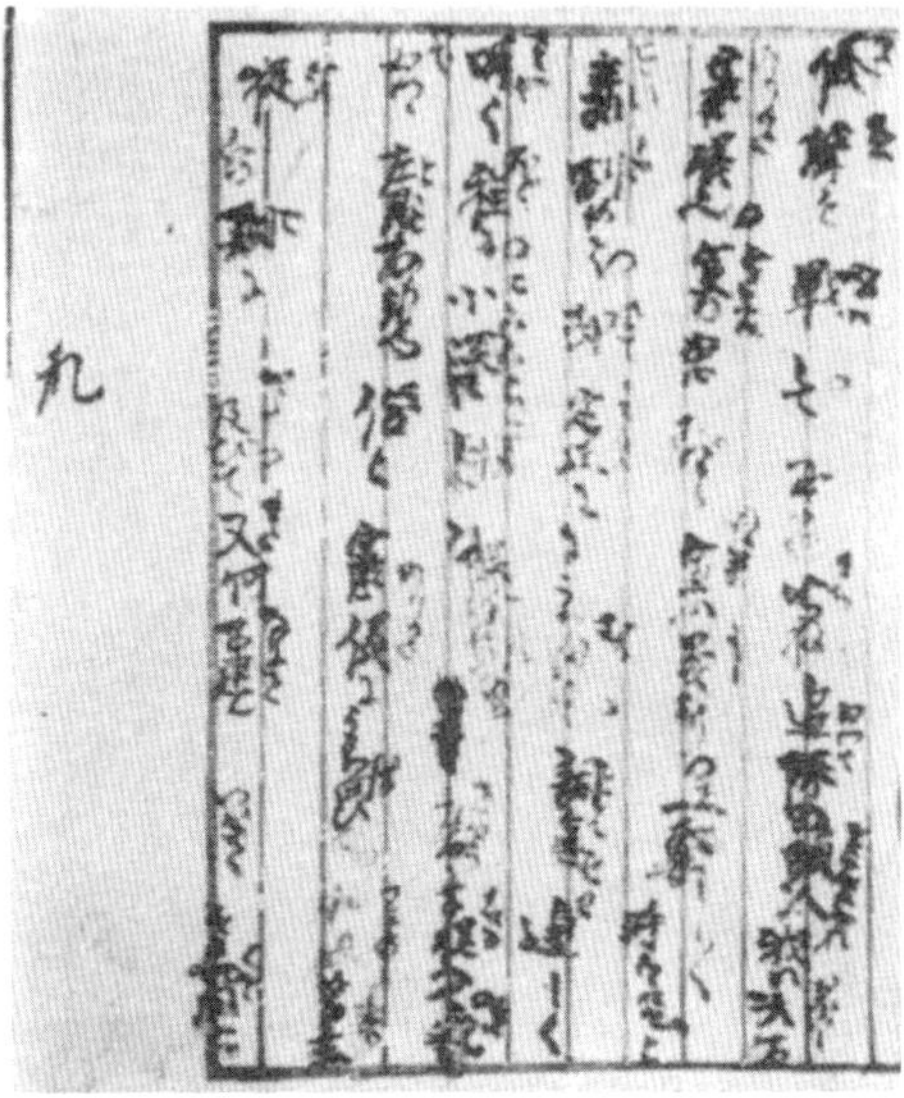

伝』第九輯巻四十六稿本
学図書館蔵）

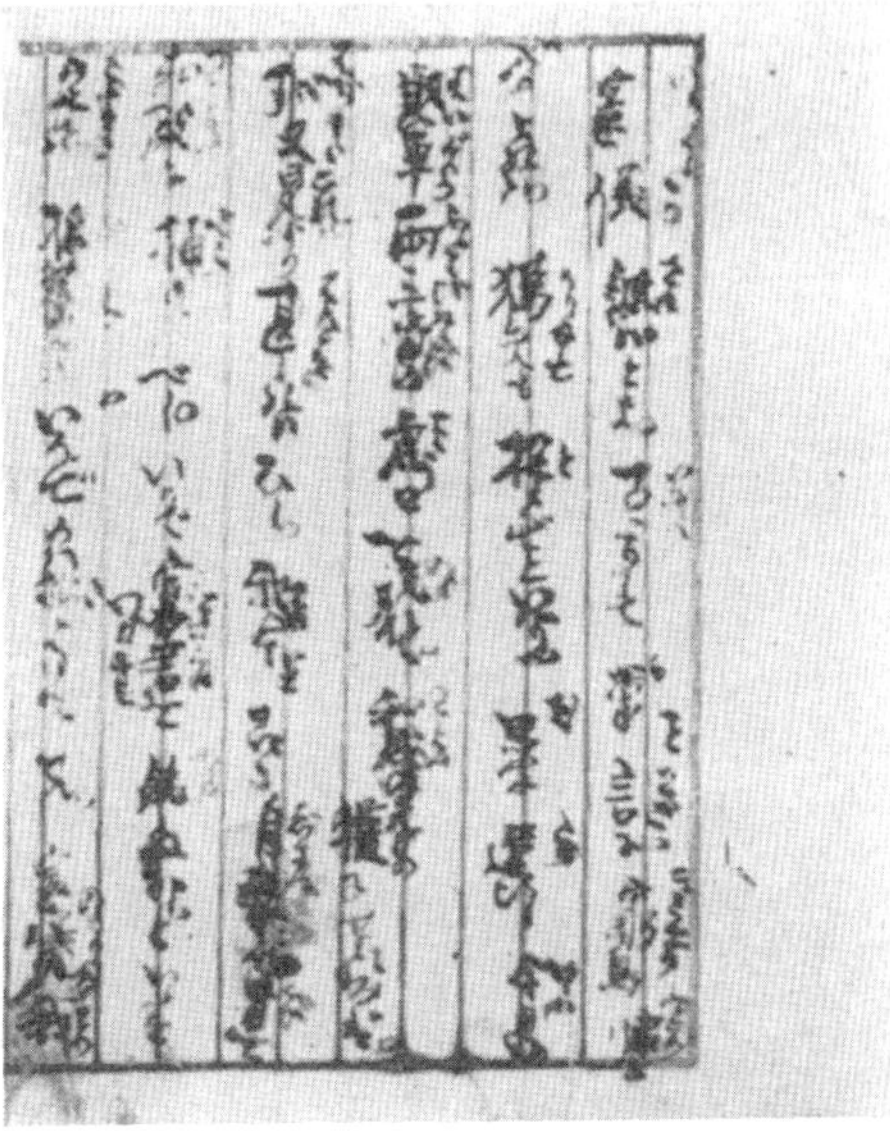

馬琴失明直前の『八犬

（早稲田大

しようと決意したのである。

代筆させるといえば、それまでであるが、何分にも一人は盲目であり、一人は人並ににじり書きする程度で、婦女子の身の、もとより難解な文字を知るよしもない。ことに『八犬伝』には佶屈《きっくつ》な文字や言葉が多い。一字毎に字を教え、一句毎に仮名遣を教えなければ、筆をとることもできない。漢字・雅言を知らず、偏傍《へんぼう》さえも心得ぬ婦女子に、盲目の老翁がただ言葉のみを以て、教え書かせようとするのである。一枚書き終ると読みかえさせ、また教えて傍訓を書かせる。熟字・句読なども、よく心得ぬので、読むにも字を脱し、または無い字を添えてよむなど、並大抵の苦心ではなかった。教える者の焦慮もさることながら、教えを受けて書く者は、夢路を辿《たど》る心地して、困じはてては泣き出してしまうのであった。

　さすがに馬琴も、事のはかばかしく進まぬのに焦慮し、また書く者の痛ましさに同情して、幾度か中止し

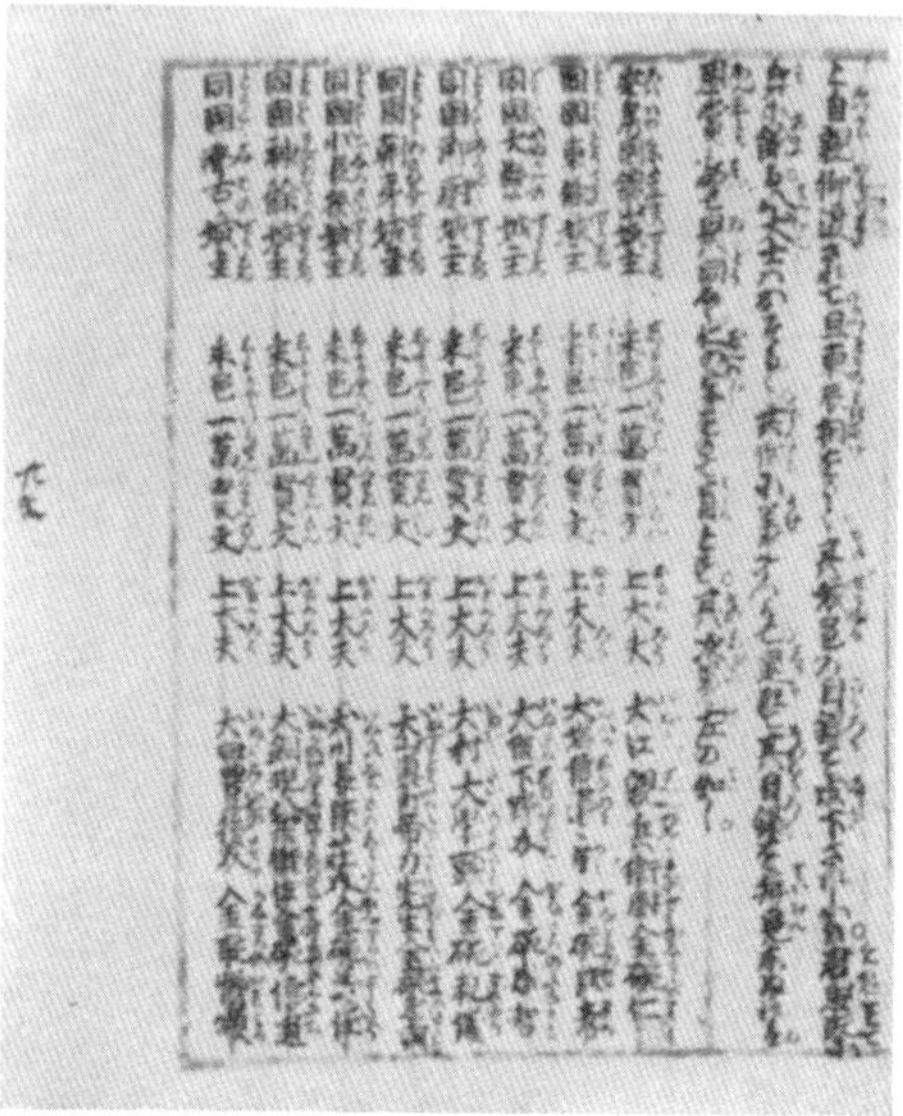

『八犬伝』第九輯巻五十稿本

学 図 書 館 蔵）

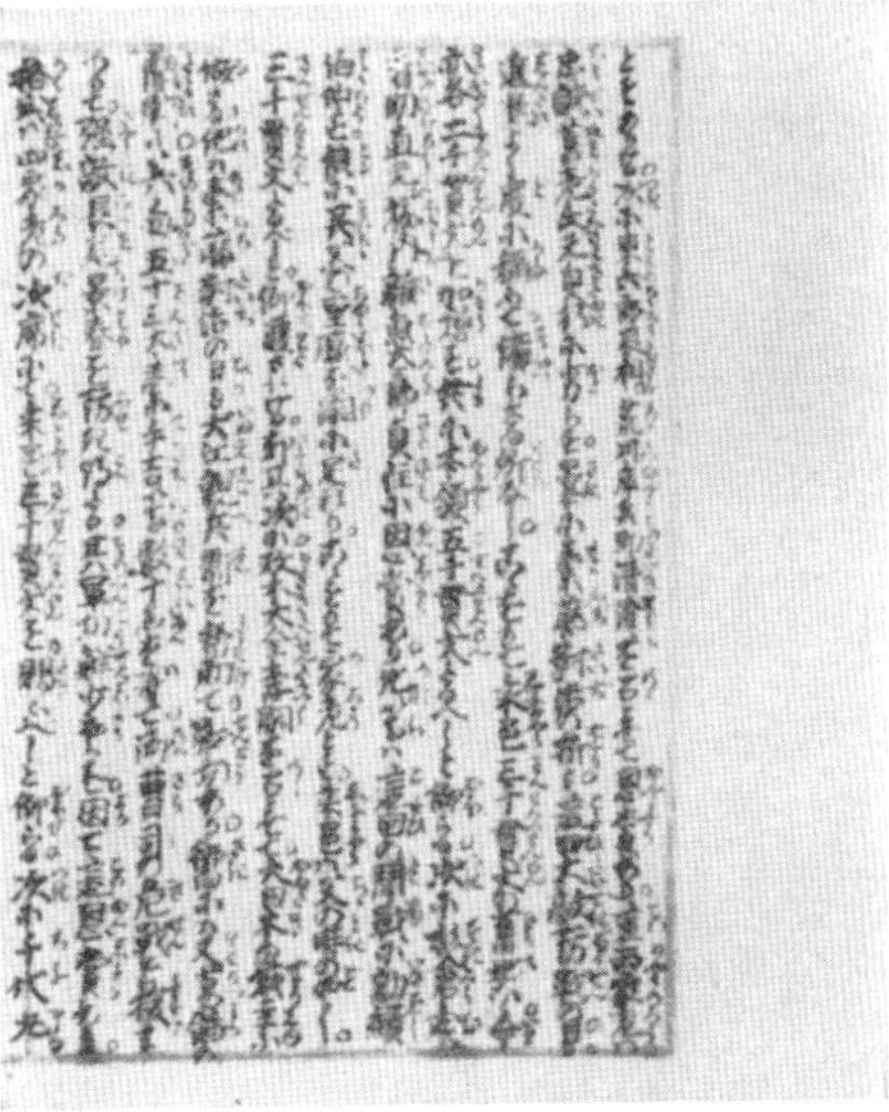

馬琴失明後、路女の書いた
（早稲田大

ようとさえした。しかしすでに終局に近づいている著述に対する執着も強かった。はげましはげまされつつ、代写を続けている間に、おみちもようやくその仕事に馴れて来た。縫針・炊事の事のみに従っていたものが、にわかに難解な文字や言葉を写すのは容易なことではない。ことに口授する者が、盲目の老翁であるというに至っては、いよいよ至難なことであった。だが、勝気な彼女は、途方に暮れて泣きながらも、筆を離そうとはしなかった。

仮名交りの古書も、傍訓のないのは読めぬ程度であった。まして漢籍などは企ておよぶべくもなかった。故事などを引用する場合には、暗記の誤を惧《おそ》れて、原本を取出して読ませようとしたが、もとより満足に読めるはずがなかった。書かせるのは指をもって教えることもできようが、読ませるのはさらに困難なことであった。見ることができないので、その読み方が正しいかどうかもわからぬ。ましてろくろく読めぬものを読ませようとするのは、ほとんど不可能に近いことであった。だが、おみちの精進《しょうじん》は並々ではなかった。短日月の間に、その学問は長足の進歩をとげた。はじめは手紙さえ満足に読めなかったものが、今は篠斎《じょうさい》や桂窓の著述の批評を容易に通読し、その評答をすらすら書き認めるまでに至った。それまでに引き上げた馬琴の苦心も大抵ではなかったが、おみちの努力も並々ではなかった。それもただ努力だけでは及び難いことで、生れつき聡明な女性だったのである。

馬琴失明後の著述は、読本《よみほん》・草雙紙に限らず、著述の評答なども、すべておみちの代筆であった。『吾仏の記』も二巻以下は彼女の筆になり、『著作堂雑記』も末の方はその代筆であった。著述だけではなく、日記も代ってつけ、手紙も馬琴の意をうけて認《したた》めた。


夕方むさしや景物扇の画賛稿本五枚代筆(弘化二年二月二十七日)

とあるように、依頼の画賛・短冊歌なども、おみちが代って揮毫《きごう》した。伝えられた筆蹟などを見ても、女筆とは思われない強さがあり、思いなしか馬琴の筆蹟にどこか似通うている。おみちもまた努めたりというべきであろう。

中国の『水滸伝《すいこでん》』などにも劣らじと、必死の意気込で書き続けた『八犬伝』は、完成に近づいて、不幸にも筆者は盲目になった。おみちの幇助《ほうじょ》を以てしなければ、その大作も永久に未完に終ったかも知れぬ。『八犬伝』の名を称するものは、その蔭に、おみちという女性の血のにじむような努力の跡があることを記憶しなければならない。

我々は滝沢琴童（おみちの雅号）の名において、聡明で勝気な、時には意固地《いこじ》にもなるような、粘《ねば》り強い一人の女性を想像する。彼女は病弱な夫から冷かに眺められ、絶えず叱り懲らされ、気難しい舅《しゅうと》・姑《しゅうとめ》に仕えて身をせばめながら、厳格な家庭道徳の桎梏《しっこく》の中に、花やかなるべき時代を味気なく過ごした。萎縮《いしゅく》した花は、夫の死とともに、ようやくその生気を取り戻し、にわかに重要な役割を演ずるようになった。滝沢家におけるさまざまな不幸は、彼女の努力と聡明を要求した。幸いに天賦の素質は、窮境に処して、いよいよ磨きをかけられた。痛ましくも健気《けなげ》な、また雄々しい女性であったというべきであろう。

盲目の老作家が下痢をおこして、厠通《かわや》いするけはいに眼を覚まし、燭を秉《と》って老体をいたわる情景や、生計の助けにもと、庭に出た竹の皮を値ぶみさせる光景や、算盤をとって盲目の舅と収支の計算をする有様や、共々に丸薬を練る有様など、さては著述の仕事に困じ果てておろおろと涙ぐむさまや、老翁の慰めにとて、その旧作を読み聞かせるさまなど、いずれも一幅の好画題ではないか。

六　著　述

著述生活約六十年間における述作はおびただしい数に上り、その分量は極めて厖大であって、その種類も黄表紙・合巻《ごうかん》・読本《よみほん》を中心にして、俳諧・洒落《しゃれ》本・滑稽本・随筆・擬古文など多方面にわたっている。

黄表紙・合巻・読本だけに限定しても、その作品の数は二百部にあまり、その中には九十八巻百六冊に及ぶ『南総里見八犬伝《なんそうさとみはっけんでん》』をはじめとして、長篇大作が少なくない。馬琴の本領は読本に存したのであって、その名が今日に伝わっているのは、『八犬伝』や『椿説弓張月《ちんせつゆみはりづき》』の名作があるためである。しかしそれは後期の作であって、はじめの頃は黄表紙の作に没頭していたのである。分量からいえば比較にならないが、部数からいえば黄表紙の数が最も多く、百部あまりに達している。

黄表紙

黄表紙の処女作は寛政三年(一七九一、二十五歳)出版の『廿日余四十両尽用而《つかいはたして》二分狂言』であった。次いで京伝のために『実語教稚講釈《おさなこうしやく》』『龍宮羶鉢木《なまくさはちのき》』などを代作し、寛政五年版の『御茶漬十二因縁』で、はじめて「馬琴作」と単独の署名を用い、作家として独立するに至った。

寛政五年に伊勢屋に入聟《いりむこ》となり、その当座は姑などに遠慮して、家業にもせいを出したと見え、著作の数も少なかったが、寛政七年に老母が没し、下駄商売をやめてから、その著作はにわかに数を増した。寛政八年には『四遍摺心学草紙』を出し、翌年には『无《む》筆節用似字尽《ひっせつようにたじづくし》』『北国巡礼唄《うた》方便』『楠正成軍慮智輪《ちえのわ》』などを書いた。その年は十一部も出版し、傀儡子《かいらいし》と署名した二部をのぞいては、いずれも相当油ののった作であった。『无筆節用似字尽』は、文字の形を崩して、物に見立てたものであるが、これが意外に評判がよかった。京坂の方面にまでひろがり、京都ではその趣向を金襴緞子に織込み、江戸へ送ってくるという有様であった。その翌年には、後篇の『麁相案文当字揃《そそうあんもんあてじそろえ》』を出した。

黄表紙の快心の作

こうして享和のはじめ頃まで、毎年十三部内外の黄表紙を執筆した。『大雑書抜萃《かきぬき》縁組』『鼻下長生薬』『風見車婦節用《おんなせつよう》』『譬喩義理《たとえのふしぎり》与《と》褌《ふんどし》』『備前擂盆《びぜんすりばち》一代記』『足手書草紙画賦《あしてがきそうしのえくばり》』『敵討蚤取眼《のみとりまなこ》』などは快心の作であった。

擬人化の手法

黄表紙では、擬人化の手法が古くから用いられているが、馬琴もその趣向を踏《とう》襲《しゅう》して、『備前擂盆一代記』を書いた。備前焼の擂鉢《すりばち》が江戸へ出て、擂粉木《すりこぎ》と夫婦になったが、主家が分散したために、屑屋に売られ、夫婦わかれする。擂鉢はその後植木鉢になり、犬の碗にまでおちぶれたが、再び夫にめぐりあい、めでたく元の鞘《さや》に納まるという話を、かなり卑猥《ひわい》な筆致で書いた。彼はその頃こういう書き方を得意にしていた。

『鼻下長生薬』では、多少違った趣向をたてた。長命屋寿兵衛の娘お梅が恋わずらいをする。両親は心配して、田町のはんごん丹と地黄丸とを服用させる。両雄並び立たずの譬《たとえ》のように、この両種の薬は、お梅の腹中を舞台にして大騒動を演ずるという話になっている。『足手書草紙画賦』では、人間の手と足とが、お互いに自分勝手な行動をして、相手を困らせるという趣向になっている。ふだん卑しめられている足が残念に思い、手を困らせようとして、その結果自分が困り、前非を後悔するのである。『敵討蚤取眼』では、蚤を擬人化し、蚤取眼五郎という者が、蚤を相手に仇討をするという趣向をとっている。

異国物

黄表紙には、龍宮とか、地獄とか、大人国・小人国・女護島のような想像の世界を舞台にした作が少なくない。馬琴も『風見車婦女節用』で異国の風物を取扱っている。女護島の女どもは、風を夫として、一年に一度南風の吹くのを待って孕《はら》むといわれているが、馬琴は懦弱《だじやく》な風の神というものを出してみた。風の神が懦弱で、うっかり袋の口をゆるめたために、風がしきりに女護島を吹きまわり、島の女がにわかに浮気になって、さまざまな恋のもつれがおこるという話になっている。この作も評判がよかった。

『大雑書抜萃縁組』では、幽霊長屋の夫婦生活が取扱われている。お七と吉三は悪縁のために、この世で添いとげることができず、お七は十五歳ではかなくこの世を去り、冥途《めいど》で吉三郎の来るのを待っている。吉三は七十一歳までこの世に生き永らえて、冥途にお七を訪ねて行く。冥途では年をとるということがないので、お七は浮世にいたままのあでやかな姿をしていたが、吉三郎はすっかり老いさらぼうて見るかげもなかったので、お七は待ち損をしたといって、さんざんに吉三をふりつける。地獄でも娑婆と同じように、夫婦喧嘩や不義密通の絶え間がない。閻魔王も幽霊長屋の始末に困ってしまい、悪縁やくされ縁で冥途へ来たものは、再び娑婆に生まれ替わらせることにし、縁結びの神に対して、以来そういうことのないようにお願いするのである。

黄表紙は下火になる

次々に黄表紙を出版し、その評判も割合によかったので、馬琴も戯作《げさく》の道を選んだ甲斐があったと喜んでいたが、考えてみると、自分の書くものは理窟が多く、趣向立《だて》が賑《にぎや》か過ぎて、京伝や他の作家のように、すっきりした感じが乏しいような気がした。それにその頃になると、黄表紙も大分下火になっていた。軽妙洒脱《しやだつ》なものよりも、もっと実《み》のある読物が要求された。すでに寛政十一年には、京伝は『忠臣水滸伝《すいこでん》』という読本を書いて、大へんな評判を取った。馬琴も著述の方向を変えなければなるまいと思った。

享和二年(一八〇二)には、『六冊懸徳用草紙』というのを出して、体裁の上で新しい趣向を加えた。三冊ではあるが、六冊に匹敵する徳用の新作であった。これは『五大力三書訓読《みつのよみごえ》』と『売切申候切落咄《おとしばなし》』とを合わせたものであった。五大力の絵組をそのまま落咄の挿絵にもすることができるように工夫し、体裁の上で新機軸を出そうとした。

翌年になると、黄表紙に対する興味はひどく減じてしまった。数も少ないし、どれもこれもなげやりの作であった。さすがに気が咎めて、その言い訳を『俟待《まちにま》開《つたりかいちょう》帳咄《ばなし》』に書いたりした。

馬琴の黄表紙の特長

飯田町に聟入りしてから十年ばかりの間は、おもに黄表紙を書いていた。馬琴の黄表紙の特色は教訓味が多いことである。それは彼自身の性格の現われであるが、ひろく考えると、時勢の要求でもあった。時代の好みは、単純な滑稽《こっけい》・洒落《しゃれ》だけでは満足できなくなっていた。背景に何か含むものが要求されていた。戯作の取締りが、黄表紙の方向をかえた大きな原因でもあったが、すでに黄表紙は幾多の試みを経た結果、到達すべきところに達した。世相のうがちも、度が過ぎると鼻についてくる。黄表紙は何か目さきをかえる必要に迫られていた。

馬琴の黄表紙は理窟が多くて、軽妙洒脱な味に乏しい。そういう点では、京伝などに及ばなかったが、馬琴の作はその説明の懇切叮嚀なことと、趣向立のにぎやかなことを特長にした。それは彼の性格にもより、また時代の要求に応ずるものでもあった。享和から文化の初年にかけて、出版界の情況はいちじるしく変った。黄表紙のような軽妙な作よりも、話にまとまりのある作品が喜ばれ、黄表紙にしても、仇討話を内容とするような作品が次々に現われた。馬琴も黄表紙に見きりをつけて、何か新しいものを書いて見たいと思った。

水滸伝物の流行

その頃江戸の読書界には『水滸伝』が流行していた。文人どもは『水滸伝』の趣向を借りて、わが国の史実伝説に結びつけようとした。建部綾足《あやたり》が先鞭をつけて、『本朝水滸伝』を書き、次いで天元の『日本水滸伝』、椿園の『女水滸伝』、振鷺亭《しんろ》の『いろは酔故伝』などが続々と現れた。

読本

馬琴は早くから『水滸伝』に目をつけていた。そして寛政七年に『高尾船字文』という作を発表した。舞台を歌舞伎の先代萩にとり、水滸の趣向をこれに附会《ふかい》したもので、全く新しい試みであった。しかし彼が期待したほどの評判をとること

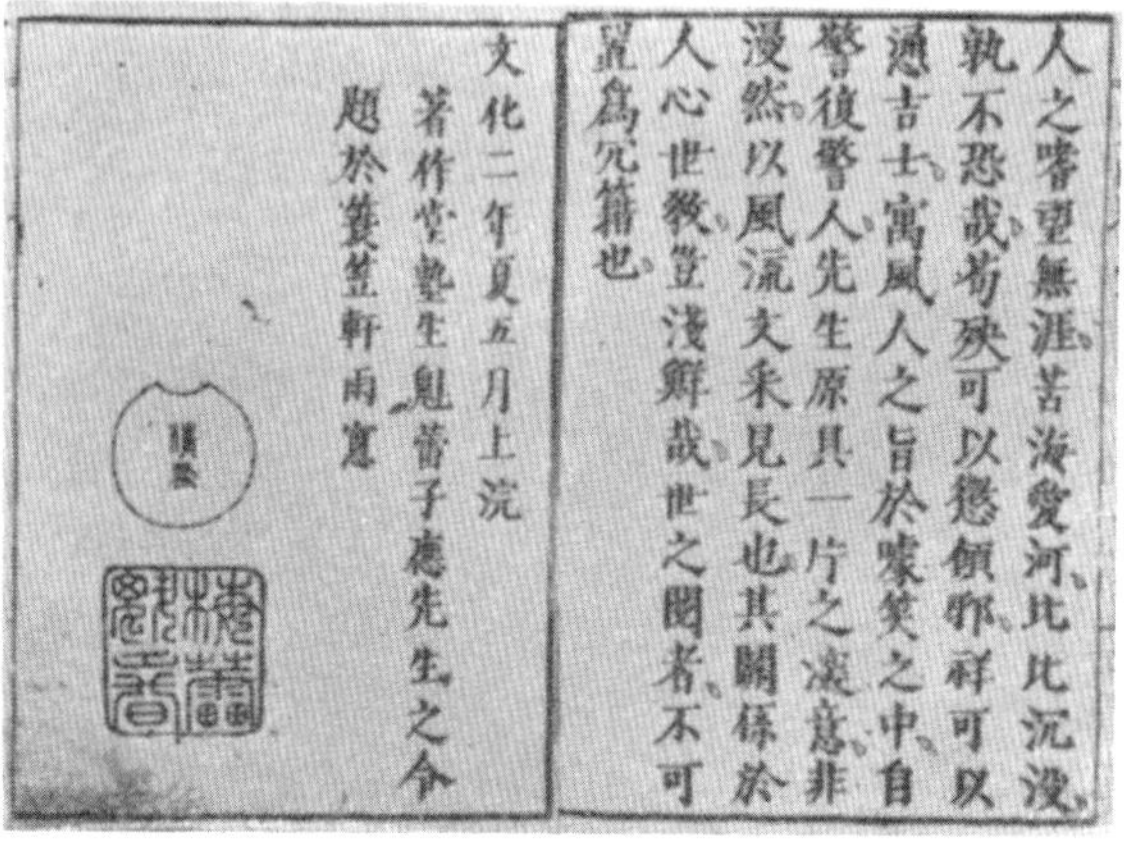

人之嗜望無涯。苦海愛河。比比沉淪。
孰不恐哉。苟殃可以懲頑。邪辟可以
遏。吉士寓風人之旨於嘲笑之中。自
警復警人。先生原具一片之深意。非
漫然以風流文采見長也。其關係於
人心世教。豈淺鮮哉。世之閲者。不可
視爲冗篇也。

文化二年夏五月上浣
著作堂塾生魁蕾子應先生之令
題於蓑笠軒雨窓

『三国一夜物語』序文

ができなかった。京伝の『忠臣水滸伝』は、これに誘導された作で、『水滸伝』と『仮名手本忠臣蔵』とを綯《な》い交ぜたものであった。この作は非常に歓迎された。創意を京伝に奪われたようなかたちであった。

『水滸伝』をはじめとして、中国には着想の奇抜な作品がいくらでもある。馬琴はそれを読破して、新様式の作品を書きたいと思うのだが、まだそれだけの力はない。しかし黄表紙の興味はすでになくなっていた。結局その頃流行の敵討物を書くより仕方がなかった。そしてまず享和三年に『月氷奇縁』という半紙型の読本を発表し、続いて『稚枝鳩《わかえのはと》』『石言遺響』『三国一夜物語』『誰《た》也《や》行燈《あんどん》』『枕石夜話《ちんせきやわ》』『雲妙間雨夜月《くものたえま》』『巷談陂隄庵《つつみ》』などの敵討物を発表した。

これらの作は、仇討物流行の機運に乗じただけであって、馬琴としてはそれほどの特色を出した作品ではなかった。ただ狐が謝恩のために仇討を援助するとか、霊蛇が黄金の太刀に化して、仇討を助けるとか、鷹が婚姻の媒介をするとかいうような、珍らしい趣向がとり入れられている。

男女間の関係も自由に取扱われ、野合にひとしい行為までも是認されている。『曲亭伝奇花釵児《はなかんざし》』という作は、足利義輝が諸国の色を極めるために、修業に出るという物語になっている。悪人などにしても、多少の滑稽味があって、それほど極悪非道のものは初期の作には少ないのであるが、ただ『石言遺響』では、希《き》代《だい》の毒婦を描いている。隈高業右衛門《くまたか》という強賊は、自分の悪行にいや気がさし、善人に立ちかえろうとするが、妻の髷《たがね》が許さない。ある日隈高は通行の女を殺して急に空恐ろしくなり、衣服も剝《は》がずに帰って来る。妻は亭主のふがいなさを罵《ののし》って、自分でその衣服を剝ぎに行く、隈高は妻の所行にあきれて逃走してしまうのである。

三勝半七とか、お夏清十郎とか、お染久松のような、浄瑠璃や歌舞伎でなじみな話を、読本にとり入れることも、その頃流行していた。馬琴はまず『小説比翼文』を書いて、小紫権八の巷説《こうせつ》を取扱ってみた。人物の関係や事件のいきさつを因果的に解釈して、読本らしく書きかえることにした。

『旬殿実々記』では、おしゅん伝兵衛の情話を取扱い、『松染情史秋七草』ではお染久松を、『三七全伝南柯夢』では三勝半七を、『常夏草紙』ではお夏清十郎を、『糸桜春蝶奇縁』では、お糸左七を取扱った。いずれも浄瑠璃や歌舞伎から材料をかりたのであるが、人物や事件をいちじるしく理想化している。市井《せい》のつまらない出来事を、一国一藩の運命に関するような重大な事件として取扱い、不義淫奔な話を、清浄潔白な話に書きかえたりしている。

伝説や説話を読本化することも試みている。番町皿屋敷伝説や鉢被《はちかずき》伝説や苅萱《かるかや》桑門《そうもん》伝説を組合わせて、『盆石皿山記』を書き、頼光及び四天王伝説、袴垂《はかまだれ》伝説を集めて、『四天王剿盗《しょうとう》異録』を書いた。『勧善常世物語』『石堂丸苅萱物語』『墨田川梅柳新書』『新累解脱物語』『標注園の雪』『松浦佐用媛石魂録』『皿皿郷談』などは、いずれも伝説や説話によって趣向を立てた作である。

『皿皿郷談』は『落窪物語』に拠《よ》った作であるが、それを単純な恋愛物語または継子《ままこ》いじめ物語にはしないで、全体を因果応報の思想で貫こうとした。『落窪物語』では、北の方が落窪の君を虐待《ぎゃくたい》したのは、わが子可愛さのあまりであったが、馬琴はこの作で、落窪の君に当る欠皿《かけざら》という女性を設け、それが虐待されるのは、前世からの約束ごとであると解釈されている。本来単純な継子いじめの物語であったものが、因果物語に改作されたのである。

『皿皿郷談』では、生前過去の業因だけではなく、生後現在の業因《ごういん》も考慮に入れられている。欠皿は継母の非道をうらまず、ひたすら孝養をつくしたのであって、その善行は当然報いられなければならない。父祖の罪業は尽きて、彼女自身の積善が因をなして、幸福な将来が約束されるのである。落窪の君があとで幸福になったのは、境遇事情が然らしめたのであって、因果応報の結果ではない。ところがこの作ではすべて因果の理によって解釈されており、偶然という

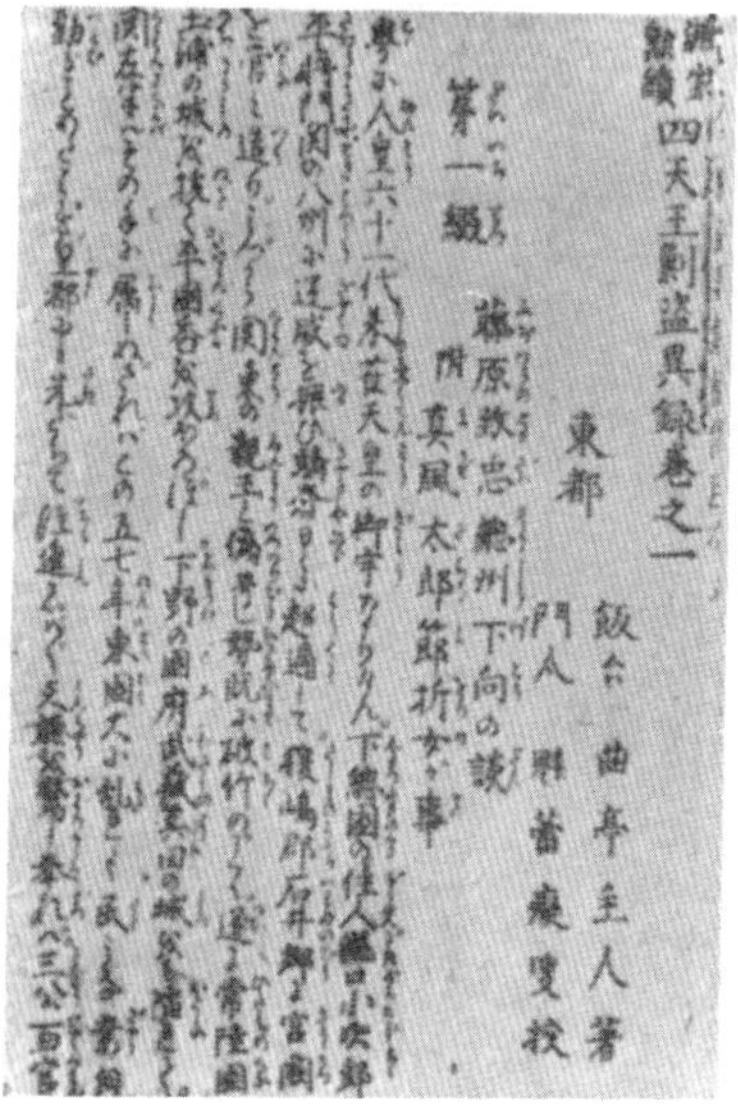
四天王剿盗異録巻之一
東都　飯台　曲亭主人著
第一綴　藤原致忠総州下向の談　附　真風太郎節折女が事

『四天王剿盗異録』本文

『勧善常世物語』口絵

ものは認められていないのである。

落窪の君が左近少将と関係を結んだのは、野合のそしりを免れない。馬琴は邪婬は善果をもたらす所以《ゆえん》でないと考え、『皿皿郷談』では享楽的場面をすべて削除し、手児名《てこな》姫の示現に託して、欠皿と左近太郎とを結びつけている。初期の作に比べると、男女関係がいちじるしく道義化されているのである。

馬琴は作品を書き続けて行く間に、次第に我が国の史実に興味をもち、史書の研究をはじめた。そして善良な人物が不遇に終り、悪漢・毒婦がかえって繁栄するという事実を発見した。これをどう解釈したらよいか。史実はそのまま小説にはならない。読んで面白くするためには、寓言によらなければならない。架空の脚色は当然ゆるされる。しかしたとえ稗史《はいし》であっても、実の上に立つ虚でなければ、読者をひきつけることはできない。そこである程度まで史実に依拠し、その上に立って自由な構想をめぐらそうとした。その場合、不遇に終った英雄、佳人を好んで採用し、史実を超えて、それらの人物を活躍させようとした。

『頼豪阿闍梨怪鼠伝《かいそでん》』では、木曾義仲の子冠者義高という人物を取上げている。史上では、義高はまことにはかない人物である。頼朝のもとに人質となり、父義仲の敗歿後に誅伏され、甚だあじ気ない一生を終っている。馬琴はこれに同情をよせ、取替え子の趣向をもって、義高の命をつなぎ、頼豪の亡霊の働きによる超人的な力をこれに与え、また頼朝の娘大姫の義高に対する思慕の情を述べ、まことにはなやかな人物に仕立てあげている。『俊寛僧都島物語』の俊寛も、『朝夷《あさひな》巡島記』の義秀も同様に解釈されている。

中国の文学に対する理解も、漸次深まって行った。中国の作品は日本のものに比べると規模が大きいし、奔放な空想力をもっている。日本の小説に『水滸伝』や『三国志演義』や『西遊記《さいゆうき》』のような、雄大な長篇のないのは残念である。それに比べて遜色のないものを作りたいものだと思った。幸いに今まで書いた読本は評判がよく、「稚枝鳩」は、文化二年(一八〇五)の冬に大坂の人形座が上演され、三年には大坂の角座で『四天王剿盗異録』が上演、『三国一夜物語』も上演された。それに気をよくした馬琴は、この年、想を新たにして『椿説弓張月』前篇六巻を出した。四十歳の時である。その翌年に後篇六巻を出し、続いて拾遺五巻、残篇六巻というように、稿を重ねて行った。

『弓張月』前篇の序に、「唐山《とうざん》の演義小説に倣ひ、多くは憑空結構の筆に成る」

としるされているが、馬琴はこの作を書くに当り、もっぱら『水滸後伝』に趣向を求めた。『水滸後伝』は、『水滸伝』の豪傑李俊が暹羅《シャム》に渡り、国乱を平定して、位に即《つ》く顚末《てんまつ》を述べたものである。馬琴はその話を為朝の身の上に適用し、部分的には『水滸伝』や『三国志演義』や『今古奇観』や『棠陰比事《とういんひじ》』などの趣向を取入れて、一篇を構成しようとした。四十歳を越えたばかりの馬琴は、身心ともに潑剌《はつらつ》として、その筆はどんどんのびて行った。

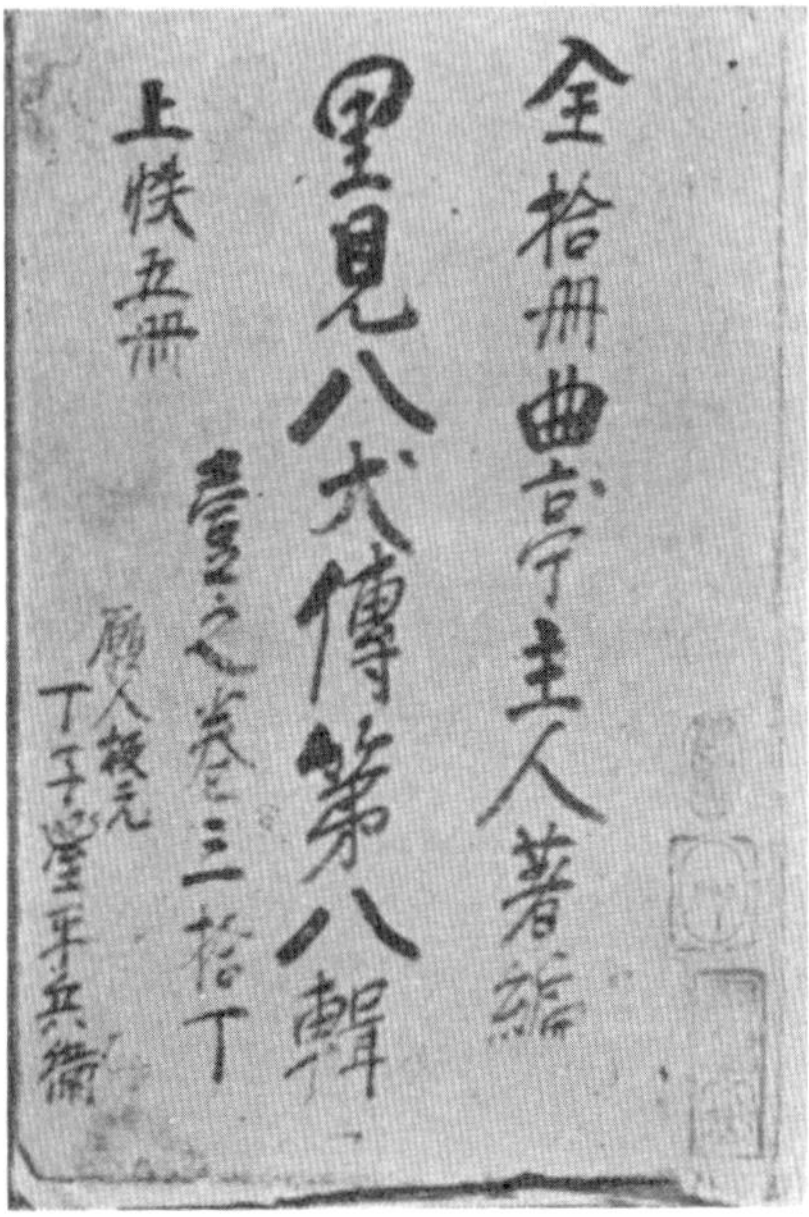

紙と本文（早稲田大学図書館蔵）

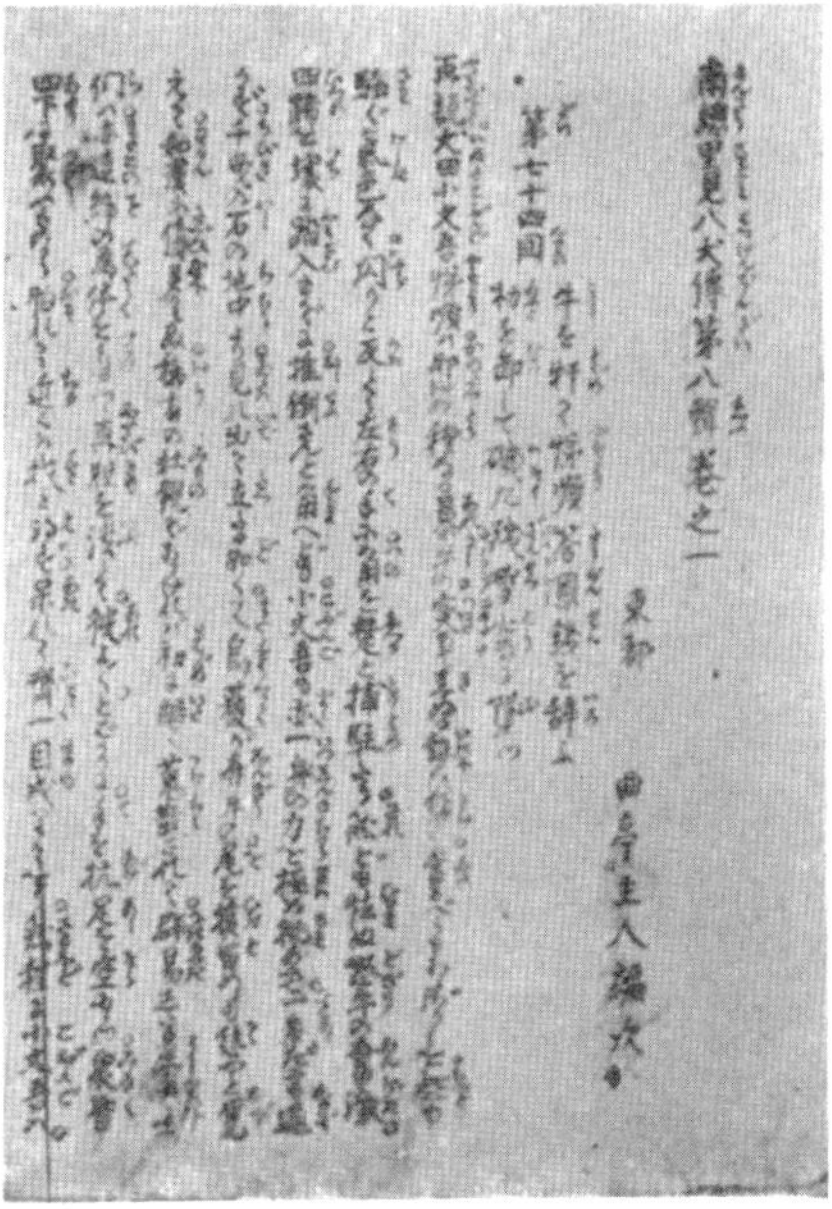
南総里見八犬伝第八輯巻之一
東都　曲亭主人編次
第七十四回

『里見八犬伝』第八輯巻之壱、表

『弓張月』を書き終えて自信を得た馬琴は、さらに大きな構想を練った。『弓張月』は『水滸後伝』の筋書を追うたものであるが、もっと独創味の豊かな大規模な作品を作りたいと思った。手に入るにしたがって、中国の作品を耽読《たんどく》し、材料をできるだけ広く求めようとした。そして文化十一年（一八一四）には、『南総里見八犬伝』の初輯五巻を出した。馬琴四十八歳の時である。

彼はまず『水滸伝』の発端の趣向によって、『八犬伝』を書き起した。伏姫は八房の犬にともなわれて、富山の奥に入り、犬の気を受けて妊娠する。姫は身のあかしをたてるために自害するが、その傷口から一条の白気が閃《ひらめ》き、八つの珠は空中に飛散して、流星のような光明を放つ。やがてそれは山おろしの風のまにまに八方に散りうせてしまう。馬琴はこの趣向を『水滸伝』の洪信《こうしん》が伏魔殿を開く一節に学んだ。

発端だけではなく、随所に『水滸伝』の趣向が取入れられ、『三国志演義』や『捜神記』や『西遊記』や、その他かなり多くの中国の作品が利用された。書き続けるに従って、はじめ考えていたよりも規模は大きくなり、筋書は複雑になって行った。後世に残るような、すばらしい作品にして見ようという野心が彼の心をひきしめ、倦《う》むことを知らぬように稿は重ねられた。

とにかく『八犬伝』は前後二十八年の努力に成り、「我を知る者はそれ八犬伝か」といっているくらいに、作者がその精魂を傾注した作である。規模が雄大で、波瀾曲折《はらんきよくせつ》を極め、我が国の伝奇小説の最高水準を示す作品であるといえよう。

『朝夷《あさひな》巡島記』（文化十一年初輯刊）は、朝夷三郎義秀の伝を中心にして、吉見冠者義邦をこれに配し、親友の義を結ばせ、この両人の英雄的行動をのべた作である。題名が示すように、本書のおもな興味は、義秀が異境に渡り、その怪腕をふるう点にあったらしいが、未完に終っている。

『近世説美少年録』（文政十一年第一輯刊）は、お夏清十郎の物語に始まっているが、全篇の構想は、大内義隆・陶晴賢・毛利元就の関係にかかっており、晴賢を末朱《あけ》之介とし、元就を大江杜《もり》四郎として、その生立からの経歴をのべている。『檮杌間評』を紛本《ふんぽん》にした作で、六十回のうち三十九回までは、原文の筋を巧みにふまえている。未完の作で、晴賢・元就の関係はほとんど述べられていないが、将来発展すべき筋のあらましは、その紛本によって大体想像することができる。『開巻驚奇俠客伝』（自天保三年同六年刊）は、南朝の忠臣楠・新田の子孫が南朝の回復を企てて、苦節を重ねる物語になっている。もとより史実に拠ることは少なく、その趣向は『女仙外史』『好逑《きゆう》伝』『平妖伝』などに負うところが多い。

史伝物の特色

馬琴の史伝篇は、史上の事実に根拠を求めながら、必ずしもこれに囚《とら》われず、自由な構想を試みている。表面的な事件の動きのみではなく、事件の内面に喰入り、ことに事件の生成発展をもたらすところの遠き且つ深き原因について思いをひそめている。一つの小さな事件といえども、偶然の結果ではなく、必ずそうなるべき理由が考えられている。現世にその因がない場合には、過去世にこれを求めている。数々の説話・挿話が織込まれて居って、外面的な相《そう》は種々雑多であるが、各事件がばらばらに羅列《られつ》されているわけではなく、これらを貫いて厳然たる因果の理法が存するのである。

馬琴は偏狭な道学者のように一般にいわれているが、必ずしもそうではなかった。武士階級を重んじ、武士精神の讃美者ではあったが、当時の実際の武士生活に満足していたわけではなく、理想を一段と高所において眺めていた。また武士によって支配された当時の社会機構を是認したわけでもなく、常に大義名分に立脚して、正邪順逆をよく識別していた。当時の作家としては、日本精神のもっともよき理解者であったといえるのである。

作中の人物が極度に理想化され、善悪の権化のように取扱われ、したがって実在性に乏しく、個性味がないと、一般に批判されている。この批難は必ずしも不当ではないが、しかしどの道馬琴の作品は、自然主義または自由主義の立場からは、高く評価されるはずはないのである。馬琴は必ずしも武士道や儒教の外形に囚われていたわけではなく、仏教思想を採入れ、内面的なものへの接触を考えていた。善悪を支配する根本的な理念が、作品の根抵に横たわっていることを見逃してはならないのである。

馬琴にも合巻の作は少なくないが、これについては多く述べる必要はないであろう。読本を兄とすれば、合巻は弟に当る。読本に比べると、一そう程度の低い通俗なものである。それは一般の人々の娯楽として提供されたものであって、見た目の美しさを主眼にし、深く考えさせるような性質のものではなかった。したがって難解な語句や、複雑な構想は禁物であった。しかしその理念や構想や脚色などの点から見ると、読本とほとんど変るところがない。ただその程度をさげたに過ぎないのである。

馬琴の『駅路鈴与作春駒《えきろのすずよさくのはるごま》』『けいせい道中雙六』『襲褄辻花染《かさねづまつじがはなぞめ》』『浪花《なみのはな》桂夕潮』などの、巷談街説を主題にした作品をとりあげて、その特長を考えて見ると、先行作品に比べて人物相互の関係が複雑で、趣向が賑かであること、市井《しせい》の人物が武士化され、道義的に潤色されていること、因果応報的な解釈が見られることなどである。このことは巷説物にかぎらず、馬琴の草雙紙に共通な特長であると考えられる。そしてそれは読本の場合と変りがないのである。

著述生活

馬琴は天成の芸術家ではなく、努力の人であった。真剣に著作に取組み、精根をつくして仕事に没頭したのである。

天保二年(一八三一)といえば、すでに六十五歳になっていたが、その年の仕事ぶりを日記によって調べて見ると、

著述(挿絵の製作も含む)に従事した日が、二百一日。

著書の校正をした日が、五十一日。

となっており、その他の日は、読書・抄録・写本の校閲などして、著述の準備をしている。著述・読書などを全然しなかった日は、一年を通じて、四十三日だけである。

一年間の著述

天保二年には、『俠客伝』三・四・五巻、『美少年録』第三輯四・五巻、『水滸後伝批評半閑窓談《はんかんそうだん》』、『傾城水滸伝《すいこでん》』第十二編、『新編金瓶梅《きんぺいばい》』第二編、『殺生石後日怪談』第五編、『里見八犬伝』第八輯一・二・三巻等を脱稿しているので

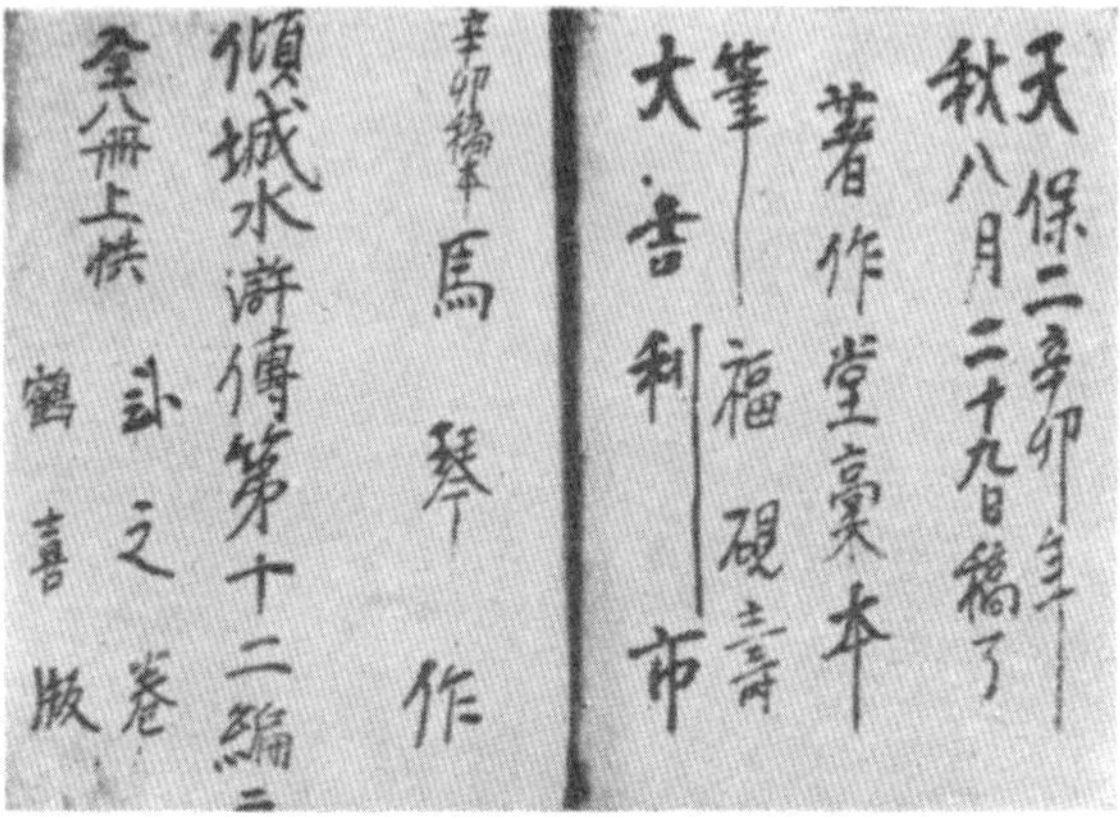

『傾城水滸伝』の表紙

あって、六十五歳の老翁の述作としては、決して少なくないのであるが、「当年は尤《も》不経済也」（八月二十一日）といい、書肆の督促に対しても、「当年は手まはしわろく候間、まにあひかね可レ申」（八月二日）といって、著作の不振を嘆いている。

雑事の為に、著述が進まず、無為に日を過ごすのを遺憾として、日記中で、たびたび自分の不勉強を喞《かこ》っている。

客来等にて多用に付、俠客伝四の巻の内十五丁めわづかに壹丁稿レ之。（正月十六日）
太郎終日机辺に罷在候間多く不レ稿。（二月七日）

此節太郎疱瘡ニ付著述多く稿せず。（二月二十二日）

予今日気分懶《ものう》く候間、著述は休レ筆。（二月二十八日）

予滞食、今日は順快ニ候へ共いまだ食気無レ之、終日保養廃筆也。（五月二十一日）

此節暑中ニ付休レ筆。（六月十六日）

かように一々廃筆の理由をあげ、たえず自分を叱咤《しった》鞭撻《べんたつ》しているのである。

天保二年の一年間に、どんな本を読んだかというと、日記には次のような書名が見られる。

『猗園《かいえん》』『秋燈叢話《しゅうとうそうわ》』『諸家人物志』『慶長日記異本』『茶余客話《ちゃよきゃくわ》』『水滸後伝』『諺《にせ》紫《むらさき》田舎《いなか》源氏《げんじ》』『三国志演義』『崇正通書《すうせいつうしょ》』『廃絶録』『明板水滸後伝』『馬《ば》鑿《さく》堂漫録』『金瓶梅』『水滸伝』『鏡花縁《きょうかえん》』『五《ご》鳳吟《ほうぎん》』『挙睫《きょしょう》並問答抄』『徹《てつ》書記物語』『西行家集』『慶長年中記』『武家閑談』『談海後記』『遺老物語』『異本慶長日記』『忠義水滸伝全集』『三才発秘略目』

これ等の書を披閲したり、抄録したり、校訂したりしているのである。

構想を多く和漢の書に得た関係上、暇さえあれば書斎に閉じこもって読書に親しんでいた。五十歳前後までは、毎夜書物を放さず、たびたび徹夜したほどであった。天保六年二月二十一日殿村篠斎《じょうさい》宛の書簡で、馬琴はこういっている。

野生抔《など》近来写本多く写させ、四五年の間に四五百冊出来、年々これが為によほど費し候、但し老後のたのしみは看書の外無レ之候、殊に書淫《しょいん》に候へば、生来衣食を省き書を貯候。

得難い本は借覧し、なお写本を作らせて珍蔵した。読書の範囲も多方面で、中国の小説や和漢の史書をはじめとして、仏教・道教・聖経の学、易学方位の書、本草学・診療学の諸書にまで及んでいる。そしてできるだけ自分の作品に利用しようとした。

小説『黒牡丹』過日之見かけ披閲、よみ本著述の為也。（『戊子日記』七月七日）

予終日読書、『読史余論』、『鎌倉大草紙』等也、『美少年録』為二著述一のみ。（同八月十日）

『美少年録』は文政十一年八月二十五日の起稿である。なお五月二十七日から、

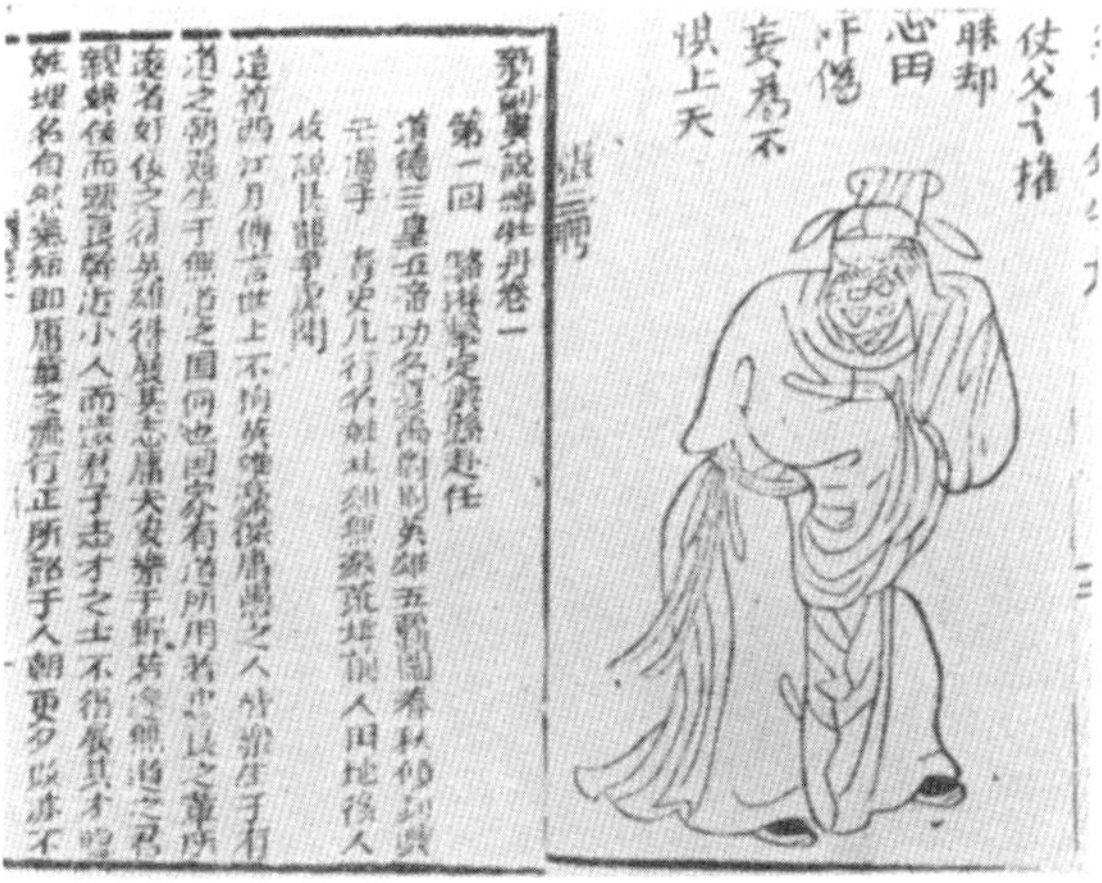

『緑牡丹』口絵と本文

『緑牡丹』『檮杌《きうごつ》間評《かんぴょう》』を読みはじめており、八月二十二日の記事には、

夏休之内、『管領九代記』十五冊、『重編応仁記』二十冊、『畸人伝』十冊、『応仁記』二冊、『明徳記』三冊、通計六十冊披閲今日卒業。

とある。これらの読書が、『美少年録』製作の為であったことはいうまでもなく、早くからその準備にとりかかっていたことがわかるのである。

著述の苦心

著述に苦心するさまや、筆の渋滞《じゅうたい》をなげく記事が折々見える。

予『美少年録』今日も稿レ之、趣向未レ全、依レ之工夫之上少々づゝ稿レ之。（文政十一年八月二十六日）
今日最大暑中終日予机にかゝり、いろ〳〵稿案いたし候に付、夕方より休息。（天保三年七月十六日）
今日冷気に付、『けいせい水滸伝』十二編上帙本文稿案取出し候へども出来かね、わづかに半丁稿レ之。（天保二年六月二十一日）

『傾城水滸伝』は六月七日に起稿し、中絶していたのを、此日取上げたのであるが、筆渋りて進まず、翌々日更に一丁余を加えたままで、続稿の気力を失い、八月二十六日まで放置している。「出来かね」の語簡なれども、よく著述の苦しみを云い現わしている。もっともその間に幾度か執筆を思い立ったが、意の如くならなかった。焦心の気持が次の言葉に示されている。

余著述に取かゝるべき処、気分すゝまず候故、今日も『慶長年中記』等旧録披閲、消レ日。（天保二年七月十八日）

中絶した作品を書き継ぐのは困難なことで、馬琴もしばしばその苦悩を味わっているのである。

『美少年録』序文旧冬出来候へども、不如意之処有之、今日再案終日也。（天保二年二月十二日）

『美少年録』序再考等にて終日也。（同十三日）

『美少年録』自序綴り直し、今夕大てい稿了、今日迄三ケ日、右稿案にて消レ日了。（同十四日）

再考再案し、意に満たなければ、何回も書き直して、完璧なものを作ろうとする苦心のさまが、こういう日誌の断片からも察せられるのである。

作家としての栄誉

こうして馬琴は八十二歳で歿するまで、筆を放さなかった。そして文壇の栄誉を独占したのである。柳橋の万八楼で書画会を開いた際には、百十数畳の部屋に立錐《りっすい》の余地がないほど人々が集まった。その頃馬琴の名声をしたうものが、どんなに多かったかが想察されるのである。

しかしその栄誉をかち得るまでの苦心は一通りではなかった。彼は決して天才的な作家ではなく、努力によって自分を高めて行ったのである。外へ出て楽しみを求めようとせず、ほとんど書斎にとじこもって、机にかじりついていた。しかもその家庭の空気は、決して明るいものではなかった。廃人に近い悴と、癇症で愚痴っぽい妻をかかえて、悪戦苦闘を続けたのである。ことに晩年失明したことは、致命的な打撃であった。しかも一家を支えて行くためには、一日も筆硯《ひっけん》を廃することはできない。そこで媳《よめ》のおみちを相手に、見えぬ目をしばたたきながら著述を続けたのである。隠逸を求めて、ついに与えられず、八十二年の生涯は彼に取っては長過ぎたように思われる。しかしその不如意な生涯がかえってその心をふるい立たせ、幾多の大作を書かせたのである。それは必ずしも無意義な生涯ではなかった。痛ましくも尊い作家の一生であったというべきであろう。

七　人柄と思想

日記や随筆からうける印象

馬琴の日記や随筆を見ていると、彼は自分のことを語り過ぎているような印象をうける。しかもしばしば弁解がましい言葉をくりかえしている。そこで馬琴という人物は自分のことしか考えられないような、いかにも功利的な人間であるかのような感じを与える。

またその日記などを見ると、家族や隣人や書肆などに対して、かなり荒々しい語気をもって憤慨している。いかにも傲岸《ごうがん》不遜で、また喧嘩ずきな人間のように思われる。しかしよく考えてみると、馬琴という人は、案外小心で正直な人間であったであろう。小心で正直であったために、自分の正しい姿をあやまらず正しく人に伝えようと努力した。正しく伝えようとして、執拗《しつよう》に言い訳をくりかえすことにもなったのである。交際嫌いで、人との直接の交渉を極度に嫌っていた彼は、人に向って直接憤りを示すことができない。そこで余憤を紙上でもらすことにもなったのであろう。

ほとんど終日書斎に閉じこもっていたので、他の戯作者たちからは、高慢病にとりつかれたといって批難されたのであるが、必ずしも一概にそうばかりもいえないようである。当時の戯作者には陋劣《ろうれつ》で軽薄なものが多かったので、武士のはしくれに生まれた馬琴としては、進んでそういう人たちと付き合う気にはなれなかったし、その家庭の情況からしてもそれを許さなかった。ことさら世の中を白眼視するというような狷介《けんかい》な人間ではなかったのである。

馬琴に対する従来の批評

従来馬琴に対してさまざまな批評が下されている。その評語を集めてみると、傲岸・尊大・偏屈・狷介というようなむしろ冷酷な言葉が多い。皮想的な看方からすれば、そういう批判も一応もっともだといえようが、資料を一そう掘り下げてみると、そういう簡単な言葉では表現できないような複雑なものをもっていたようである。資料の表面だけをみないで、その裏面に徹し、そこににじみ出る人間性というものを考えることが、文学を研究する場合には大切だと思うが、そういう観点から、馬琴の人柄や思想を描いて見ようと思う。

現実に対する不満

その頃は小説などを書く人を戯作者《げさくしゃ》といっていたが、馬琴はこの戯作という言葉を軽蔑《けいべつ》していた。殿村篠斎あての書簡で、こういっている。

> 合巻は戯作の才あって、学問なき人の作よく候、京伝(山東)存生の内は、いつも合巻にてはおちをとられ候、種彦(柳亭)並に前の三馬(式亭)など、実に合巻の大作者に御座候、かくいへばいかがはしく候へども、拙者などは合巻にては、つじつま合過ぎて却《かえっ》てよろしからずと覚え候、御一笑御一笑。

馬琴はこの時代の作家とは肌が合わなかった。金持の取持ちをして遊里に出入するとか、他作家の旧作を補綴して売出すといったような、心事の陋劣な作家が多かったからである。

戯作者に不満をもっていただけではなく、時代の空気に対しても心よからず思っていた。幕府の政治にも不満があった。蒲生君平などと交際し、これを追慕して『蒲の花がたみ』を書き、その心事に同情している。漠然としたものではあったが、勤王の精神を抱き、皇室の式微《しきび》をなげくという風があった。そういう思想が『八犬伝』や『俠客伝』の上に反映している。当時の多くの作家が、無自覚に現実の生活に妥協しようとするのとは違って、彼はとにかく現実の間から理想的なものを発見しようと努力したのである。

勧善懲悪の思想にしても、結局、現実の人間に対する不満から出発している。その道義観や因果観は、儒仏の思想を根抵にしたもので、もとより独創味に乏しいものではあるが、とにかく理想的な態度をもって、作品を書こうとしたのは、当時にあっては珍らしいことであった。

現実に不満をもっていた馬琴は、作品の上で理想郷を実現しようとした。そして八犬士のような典型的な武士を描き、里見家を舞台にして政治的理想を実現しようとした。その頃は専制的な時代で、個人の意志は軽く見られたために、一般に不平不満も多かったはずであるが、普通の作者はそれを強く意識せず、むしろ傍観的態度で、諷刺か暴露を試みて満足していた。

理想郷の実現

馬琴もはじめは、いわゆる戯作を書いて、洒落《しゃれ》滑稽《こっけい》を能事としていたのであるが、中年からは感ずるところがあって、戯作者仲間から遁《のが》れ、時流をこえて自ら高く標示しようとした。そういう克己的な努力が、作品の上に強く反映して行ったのである。

もっとも馬琴の考えは一貫したものではなく、また必ずしも組織立ったものではなかった。その倫理観は儒教を拠り所にしているが、その中には仏教的な考や、老荘の思想なども入り交っている。かなり実際的な物の見方をしているが、迷信の世界をさまよったり、現実以上の世界を求めたりしている。したがってその思想にはいろいろな矛盾があるが、それがお互いに反撥しなかったのは、結局いずれの思想にしても常識以上のものではなかったからである。その作品にはさまざまな人物が描かれ、しかもそれほど破綻《はたん》を示していない。それは雑多な思想が常識的に調和しているためであろうと思う。そこに馬琴の立場があった。

几帳面な人柄

馬琴は甚だ几帳面《きちようめん》な人物であった。著述の態度が周到緻密《ちみつ》であったことは、どの作を読んでも感ぜられるが、日記を見ても、その日の出来事が細大もらさず記入されている。例えば天候にしても、一日の間に変化があれば、それをその通り記載している。

天保二年三月二日、乙卯、今暁ヨリ小雨、天明テ雨止、五半時頃ヨリ又小雨、或ハフリ、或ハヤム、四時ゟ大雨、終日無間断、夕方風、夜ニ入小雨ニ成、暁方風止、丑中刻頃地震、

はとんど一昼夜起坐して、天候を観測していたような書きぶりである。その他家

政処理のことや著述の進度や薪炭購入のことなどまで、甚だ詳細にしるされている。こうして後半生は一日も欠かさず日記を書き続けた。病中は宗伯が代って書き、盲目後は媳のおみちが代筆した。そういう点からいっても、非凡な根気をもった人である。あっさりと物を書きなぐることはできず、自分で納得のいくまで書き続ける、こういう根気が、ああいう大著述を完成せしめたのである。

馬琴が綿密周到な人柄であったことは、書物の校正などの場合にも見られるのであって、一字の誤字、俗字でも、疑わしい時には、一々字書を引いて、字劃を正している。書肆が閉口するくらいに、何回も校正をくりかえし、著作よりもかえって努力するほどであった。京伝などとは違って、画才に乏しかったために、挿絵については随分苦労した。その当時は作者が大体下絵を書いたもので、馬琴の日記にも、「昼前さし画のみ壹丁稿」之、細画也」というような記事が折々見える。まずいながらも、画家に不自由を与えぬように丹念に下絵をかいた。振仮名

『八犬伝』の挿絵の下図（早稲田大学図書館蔵）

についてもかなり努力を払ったようである。

田舎出の下女の言葉を直してやろうとして、万葉集の言葉までもち出して、二日がかりで説明するというようなことをしている。これは衒学《げんがく》のためではなく、また下女をやりこめようとしたからでもない。それは結局馬琴の人柄であって、徹底するまで説明しなければ満足ができない、諄々《じゅんじゅん》と説いて相手を信頼させせなければ不安でたまらぬ、というような性分のいたすところであった。

自説に惑溺する

その結果、ややもすると自説に惑溺《わくでき》して、未練がましく、いつまでもそれに固執するという風があった。自分で自分の説にふみ迷って、自縄自縛《じじようじばく》におちいるというところがあった。相手の急所を衝《つ》くとか、急所を外《はず》すというような器用なことはできないで、どこまでも正直に真面目に立ち向って、一々説明し、弁解しなければ気が済まなかった。「けんどん」という言葉の意味について、山崎美成と論争をしているが、若年者を相手に争うのは大人気がないと知りながら、自信の強い美成がしつこくからんでくるので、馬琴は醜《みにく》いくらいにむきになって応戦している。

馬琴はすぐれた論争家ではなかった。条理をつくして自説を主張しようとするが、ややもすると議論は本筋を離れて、弁解がましいものになってしまう。理論的ではあるが、自説に拘泥《こうでい》するために、かえってその議論が徹底しないというところがあったようである。

馬琴は自分のこういう弱点を知っていたので、他人との直接の談判はなるべく避けようとしていた。日記を見ると、妻のお百や媳《よめ》のおみちが応待に出て、馬琴は陰になって指図をしている場面が折々ある。そして「取次お百也、これ亦行とゞかず、遺憾限りなし」(文政十一年七月十四日)などとしるしている。日記や随筆の上では、かように憤懣をもらし、理屈もいっているが、人の面前では思うように自己を表現することができなかったようである。

物事を正確に処理する

几帳面に物を処理し、誤りなく事を済まそうと、随分骨を折っていたことは、その日記などによってうかがわれる。一冊の本を人に返す場合でも、その使いの者に必ず受領証を書かせる。あとになって問題のおこるのを惧《おそ》れたのである。馬琴は争いを極度に忌避し、それを未然にふせごうとした。日記を几帳面につけたのもありのままの自己の姿を残しておきたいという理由と、もう一つの理由は、後日の悶着《もんちゃく》を惧《おそ》れ、備忘録として役立たせようとしたのである。過ぎ去ったことで行違いの生じた場合には、一々日記に照らして処理している。したがって盆暮《ぼんくれ》の二度の仕払いもきれいにしなければ気が済まなかった。天保二年大晦日《おおみそか》の記に、

買がゝり諸払等かけ乞に参候分、皆払遣し畢《おわんぬ》、渡辺登ゟ『水滸伝』代金取に不レ来、無人に付そのまゝ打捨置、来春宗伯年始に罷越候節遣すべし。

他の支払は皆すましたが、渡辺崋山の世話で、『水滸伝』を購入した代金だけが残った。それが気になるので、わざと記入したのである。

旧慣墨守

かりそめにも曖昧《あいまい》なことは、自他ともにこれを許さない。何事も正確に処理しなければ気がすまない。旧い習慣を守り、新例を作ることを避けるという風があった。買物をする場合でも、その店は大体きまっていたらしく、神田に移り、四谷に引越しても、飯田町時代の商人を相手にしている。遠くて不便なこともいとわずに買物に出かけて行く。家のしきたりを尊重し、雛祭・端午・七夕のような

年中行事を厳守する。これは当時の物堅い家庭では普通のことであったが、馬琴は特にそのことを尊重した。日常の生活も規律正しく、起床・食事・就寝なども、特別な支障のない限り一定していたようである。

父祖伝来の性格

馬琴のこういう几帳面で理屈っぽい性格は、父祖伝来のものであった。祖父の興吉は廉直《れんちょく》な人物で、行住坐臥《ぎょうじゅうざが》に威儀を正し、かりにも曲ったことはきらうという風であった。宝暦年中の日記の残欠(『吾仏の記』所収)を見ると、甚だ綿密であって、馬琴の日記を髣髴《ほうふつ》させる。父の興義は親分肌の磊落《らいらく》な人物であったが、事務的な才能があって、経済の道に明るかった。

母の影響

しかしこの祖父にも父にも増して馬琴に感化を与えたのは、母親のお門《もん》であった。お門は幼少からつぶさに艱難辛苦《かんなんしんく》をなめた人で、滝沢家に嫁してからも、早く夫に死別し、小さい子供たちを擁して貧苦と戦った。気丈な貞節な女で、意志が強く、正しいと信じたことは、どこまでも貫くという性分であって、目前のことよりも遠い慮《おもんぱか》りのあった人だと伝えられている。

馬琴は祖父から綿密な性質をうけつぎ、父親からは負けぬ気と、事務的な才能をうけつぎ、母親からは思慮分別と辛抱強さを与えられた。その血筋には武門の血が流れていた。

こういうさまざまな色どりが、馬琴という人柄を作り上げたのである。少年の頃に、松平家の小姓にえらばれたが、我が儘で暗愚な幼君に仕えるのをいさぎよしとしないで出奔した。それから転々と放浪生活を続け、結局五斗米《ごとべい》に膝を屈することができないで、戯作《げさく》に身を投じた。戯作者となっても時流に投ぜず、研究修養に力《つと》めて、卑俗な群小作家の上に超然とかまえていた。その家庭はかなり煩雑であったが、それにもめげずに著述を続けて行った。そして作家としての栄誉をかち得たのも、父や母や祖父から伝えられた性格と、家門に対する自覚と反省の結果に他ならなかったのである。

実際的傾向

馬琴はその素質からいえば、芸術家というよりも、むしろ実際的な人間であったといえるかも知れない。芸術家というものは、豊かな感情や感覚をもっているのだが、馬琴の場合は、理屈が勝っていたようである。感覚や感情をえがくというよりも、概念をのべるという風があった。その作品には、当時の道徳や宗教が取込まれており、和漢の典籍から材料が集められている。作中人物の取扱い方が概括的であって、人間個々の性格はあまり描かれていない。したがってその作品からは、人生の生々とした姿は見出されず、人生の機微にふれるとか、複雑な世相の表裏に徹するというようなところがない。それというのも馬琴の物の考え方や生活の態度が、そういう作品を産み出すことになったのである。

質素倹約の生活

滝沢家の生活は、大体馬琴の一管の筆で支えられていた。その全盛時代には相当の収入があったが、それにしても質素倹約第一の生活をしていた。贅沢などはとてもできなかった。日記を見ると、四時前宗伯を以、大伝馬町大丸やへ遣し、お次雛の幕かひ取候様申付、代金もたせ遣す。(中略)最きぬに下直《げちょく》の品見計ひ候様申付畢。(天保三年二月二十八日)

今日初鰹片身かひ取、家内一同令レ食レ之、昨日より杜鵑《ほととぎす》を聞、今日鰹賞味、夏気色物耳口に足る。(同四月二十日)

孫娘の雛飾りに下直の品を買わせ、旧暦の四月二十日に初鰹を片身だけ買って、家内一同にたべさせるというような生活であった。

かように粗衣粗食に甘んじ、質素倹約を重んじたのは、一つには後継者の宗伯が病身で、一家の生計が彼自身の著述によって支えられていたことと、非常な愛書家で、書物の購入にかなりの犠牲をはらったことによるのであるが、また一方では、知足安分の思想をもっていて、贅沢奢侈《ぜいたくしゃし》は道にはずれた行為であって、必ず応報のあるべきことを信じていたためでもあった。

知足安分の思想

『後の為の記』や『改過筆記』などによると、悴の宗伯が奇病をひきおこしたのは、神田同朋町に不相応に贅沢な新居を構えた報いであると信じていたのである。質素倹約を重んじたのは、実際生活の必要からばかりではなく、もっと根本的な道徳的な理由からであったともいえるのである。

義理を欠かぬ

日記などを見ると、金銭の使い方がかなり細かいようであるが、決して守銭奴《しゅせんど》ではなかった。合理的に金銭をつかうということに重点をおいていたのであって、贈答などの場合には身分相応の義理を欠くようなことはなかった。年末には収支をきちんと整理して、たとえ一文でも曖昧のままにしておくことはできなかった。馬琴はそういう点ですぐれた事務の才能をもっていたのである。

清廉潔白な態度

しかし馬琴が金銭のことを事務的に処理したというのは、消極的な意味でそうであったのであって、三馬や京伝が商売に抜け目がなかったのとは違うのである。経済第一に考えながら、その生活は決して豊かではなかった。それはやはり彼の性格によるものであって、実際生活の方面でも、小さく縄張を作って、その中で堅く身を守っていたのである。著述を督促するために、本屋が持参した進物を返してやるという記事が折々見える。当然の理由がなければ、紙一枚でも受け取らないというのが、馬琴の主義であった。そのために偏屈で傲慢な人物のように批難されたのであるが、しかし彼は決してそれを衒《てら》ったわけではなく、潔白な性格のために、理由なくして物を貪《むさぼ》ることをいさぎよしとしなかったのである。

原稿料を貪らない

彼の日記や随筆を見ると、一家の経済に関することが多い。そこでややもすると吝嗇漢《りんしょくかん》とか守銭奴《しゅせんど》のような印象を与える。事実彼は一家の経済については、かなり意を用いたのであるが、その当時の学者や文人が、あたかも幇間《ほうかん》のように、富豪におもねり、金銭に貪欲《どんよく》であったことを思うと、馬琴はどちらかといえばむしろ清廉であり、金銭にも淡白であったといえるだろうと思う。文政七年一月六日付殿村篠斎《じょうさい》宛の書簡で、こういっている。

よみ本の潤筆を増して書くがよからうと申仁も候へども、当時の勢にては、潤筆をまし候とも、否と申候板元はあるまじく候得ども、左様にては貪るに当り、彼戒レ之在レ得というう聖教を忘るゝに似たり、所詮不書不取の廉にます事あるべからずと思ひ決め候。

『八犬伝』などの読本の原稿料を高くしたらよかろうという人があって、現在の自分の立場からすれば、それを引上げてもいやだという板元はないのだが、そうするのは貪るようで気もちがわるいといっているのである。これは彼の性格の一面を物語っているのであって、案外あきらめのよいところがあったようである。

書画会のこと

鈴木牧之《ぼくし》あての書簡（文政元年十月二十八日）を見ると、今の文人墨客が書画会などを催し、風流に名をかりて、利を貪る人々の多いことを憤慨している。これは馬琴の偽らざる心情であったのだが、後に天保七年になって、彼自身が七十の賀筵を名にして両国の万八楼で書画会を開いた。これは甚だ節操のないように思われるが、それは馬琴の本意ではなく、彼自身は「身を斬らるるよりいとはしく恥し」と告白している。しかも一家の事情はひどく窮迫して、馬琴の適意にまかせることを許さなかったのである。この事実を以て、彼が利を貪る人間であったと評するのは酷であろう。

馬琴は決して己が腹をこやす人物ではなく、むしろ利欲をすてて正義につこうと努力した人である。彼の日々の生活を考えて見ると、小心翼々と算法に合わせようとし、聖賢の道にはずれまいと、心をくだいていたように思われる。

かように実際的であるということと、芸術的であるということは、おそらく別の世界のものかも知れない。文学などというものは、実際的な効用価値があるかどうかということをおそらく問題にしないであろう。ところが馬琴は文学を功利的な意味に解釈し、勧善懲悪の思想や因果応報の道理を多分に取入れたのである。文学を人心教化の方便に利用するのは、文学の邪道であるに違いないが、馬琴はそういう実際的なものを文学の中に取入れて、『八犬伝』や『弓張月』のような特殊な作品を作りあげたのである。これは馬琴の人柄からすれば当然なことであって、その人柄は彼が武家出身であって、少年時代に武士的訓練をうけたことによってできあがったものといえるであろう。

武家出身という誇り

馬琴の父の興義は小禄ではあったが、とにかく松平家をきりもりするほどの人物で、武芸にも秀で、気象もすぐれていた。馬琴は少年の頃父から厳格な武士的訓練をうけたのであるが、その感化は戯作者に身をおとしてからも、なかなか抜けきらなかった。戯作者仲間の陋劣《ろうれつ》な心事をいやしみ、書斎に閉じこもっていたのであるが、その作品にも武士的な品位を添えることになったのである。

若い頃に飯田町の下駄商会田《あいだ》家に養子に入ったが、「職おほき中にも人の土足にかける品」を商《あきな》うことは、その自尊心がゆるさず、数年後には手習師匠に転向した。また町役人になったが、町人仲間に入って市井の雑務をすることを嫌い、これも名前だけで実際は何もしなかった。戯作者となっても武家育ちという誇りをすてなかったのである。

階級意識

武家出であるために階級意識が強く、町人を卑《いや》しめるという風があった。

清右衛門謝礼を述ず、前々かくの如し、市井の俗人礼義をわきまへず、嘆ずるに堪たり。（文政十一年六月朔日）

清右衛門は娘おさきの聟であるが、馬琴はこれを市井の俗人と罵っている。手代あがりの町人であったために、悴の宗伯とは差別待遇をして、これを下僕同様に取扱ったのである。日記を見ると、「商人の無作法すべてかくの如し」「商人なれば是非に及ばず」と嚙《か》んですてるような口吻《こうふん》が折々見られるが、商人は利を追うものであり、無知なものであるという考えが、いつまでも抜けなかった。

天下有用の書をかく

武門の出であるという誇りが、ただ戯作を書くだけでは満足せず、天下有用の書を編み、大いに後世を益しようと考え、いわゆる「実学」を目ざしていた。そういう考えは作品の上に反映して、当時の世道人心に大きな影響を及ぼしたのである。

馬琴は戯作者たちとの交際を絶ったばかりではなく、世上の儒者どもが名利に走り、権門におもねって、経世の志のないのを慨歎して、

今の俗儒は天朝の故実を知ず、夏夷順逆の理に暗くして、名を乱り言を紊《みだ》るもの、五六十年来比比として皆是なり。(『蒲の花かたみ』)

とまで極論し、終《つい》に門戸をとざして、俗儒文人をも遠ざけた。そういう点ではかなり徹底した生活をしたのである。

こんなわけで馬琴の交友の範囲は狭かったが、蒲生君平とはかなり深い交わりがあった。彼が君平と交わりを結んだのは、文化の初め頃で、悴の宗伯をその門人とし、君平もまた『職官志』の編纂に関して、しばしば滝沢家を訪れて、馬琴と討論した(『玄同放言』による)。

大義名分の思想

かように両人の交渉はかなり密接であって、馬琴は思想的に君平に負う所が多く、ことに大義名分の思想は君平によって注入されたといってよい。君平はしば

しば馬琴に向って皇室の衰微を嘆き、馬琴はそれに共鳴した。また君平を通して水戸学にも接近した。こうして馬琴に尊王思想が目ざめ、『八犬伝』や『俠客伝』や『美少年録』などに、その影響があらわれたのである。

崋山との交友

彼の日記には渡辺登（崋山）の名も折々見えるが、崋山とはかなり深い交渉があった。もっとも崋山はしまいには開国論者になったが、馬琴はその思想には影響されず、むしろ画家文人としてこれに接していた。馬琴にも物数奇なところがあって、珍事異聞に興味をもち、外国の思想にも関心をもっていたようであるが、一方では水戸学の影響をうけたことと、用心深い守旧的な人柄であったために、積極的に開国思想に共鳴するまでには至らなかった。

開国思想に共鳴せず

馬琴は只野真葛《まくず》の考を反駁した『独考論』というものを書いている。真葛は開国論者の工藤球卿の女で、かなり進歩的な女性であったが、馬琴はその考を徹頭徹尾退けている。外国人は技術や智識はあるが、礼儀道徳をわきまえないものである。新奇な学説に迷って、経学をないがしろにしてはいけない、というのが馬琴の考であった。そして本居宣長を尊敬して、その肖像を求めたりしているのであって、彼はどちらかといえば国粋主義者であった。日本的なものに愛着をもっていたのであって、中国文学に筋書をかりながらも、これをよく換骨脱胎《かんこつだったい》し、日本的な肉をつけて、面目を一新したのである。

君平や崋山とは親しかったが、馬琴の交友の範囲は狭かった。友人として数人を数えるくらいのもので、しかもそういう人々と会うことは甚だ稀であった。そこで人々から尊大傲慢《ごうまん》な人物のようにいわれたのであるが、それだけではなく、一つには彼は極端な不精者《ぶしょうもの》で、人を訪問することを嫌い、外出が何となく億劫《おっくう》であった。それにその用心深い性格が、とかく物事に拘泥させ、円転滑脱《えんてんかつだつ》な社交家にさせなかったのである。『臍沸西遊記《へそわかすさゆものがたり》』の序で、

予が如きはくちびる重く、口才《こうさい》つたなければ、人のはなしを聞いて、おかしと思ひしも、

人に語ること能はず。

といっているが、どちらかといえば口の重い方で、何かの集まりの際にも、一隅にあって、じっと人の話を聞いていたということである。おもしろおかしく洒落などをいえる人物ではなかったのである。

それに一家の状態が、仕事に没頭しなければならぬ状態にあった。広く交際を求めて、無用なことに時間を浪費する余裕がなかった。こうして馬琴は終日ほとんど書斎でくらした。世上の出来事は、家族の者や聟の清右衛門や本屋の手代などの話によって、わずかに知るという有様で、進んで世間のことを知ろうともしなかったのである。

一年間の外出回数

馬琴が外出嫌いであったことは、その日記によってわかる。文政十一年の五月以降十二月まで、八ケ月間に、外出したのは十九回（入湯をのぞく）であり、天保二年には、一年間に外出したのは二十一回（入湯をのぞく）であった。記入もれがあるかも知れないが、外出は馬琴にとってはかなり大きな出来事であるから、恐らくあまり狂いはないと思う。

二十一回の内訳は

参詣が七回（神田明神、深光寺、水天宮、西照寺、慶養寺、福常寺、他一）。

買物六回（日本橋の近江屋、大伝馬町の大丸など）。

飯田町清右衛門宅へ四回。

葬式二回。

知人宅へ二回。

物見に行ったのは、大丸の帰途堺町芝居に一回立寄っただけである。この他に入湯があるが、それも極めて稀で、天保二年の日記によると、一年間に六回入湯している。とにかく非常に出不精な人であったといえる。

人を訪問することを嫌っただけではなく、人の訪問も極端に嫌った。文政九年

十月九日の日記に、

暮六半時頃、赤羽辺より参候よしにて、武士一人来る、紹介も無レ之、且姓名も不レ告に付、不レ及二対面一、お百とり計ひかへし遣す、か様の馬鹿もの往々来る、尤いとふべし、

とあるが、馬琴の文名が高くなるにつけて、訪問者がおしかけて来たが、そういう人たちと雑談して時間を浪費するのを惧《おそ》れて、ほとんど病気にかこつけて面会を謝絶した。まして泊り客は極度に嫌悪《けんお》した。

暮六時お久和祖太郎悌吉を携来る、明日上野御成に付、小児遠慮いたし候間、此方へ止宿、如レ例混雑迷惑限りなし。(天保二年五月十九日)

帰路老尼此方へ罷越止宿のつもりのよし、尤厭ふべし。(同八月二十九日)

お久和は馬琴の末の娘で、老尼とあるのは、媳《よめ》おみちの母である。こういう近親の止宿までも「迷惑限りなし」「尤厭ふべし」といって排除したのである。

当時の文人儒者は多くは曲学阿世《きょくがくあせい》の徒で、権門に争って出入し、一身の繁栄を

はかるという風であったが、馬琴は貴人との接触をきらっていた。彼が権門をはばかったのは、道徳的潔癖のためであって、幇間《ほうかん》のような学者文人たちをにがにがしく思っていたのである。かたくなで融通が利かないといえばそれまでであるが、武士的な訓練をうけた彼は、貴人の弄《もてあそ》びものとなるのをいさぎよしとしなかったのである。

大名などから招待されても、彼はなかなか応じなかった。松浦静山侯とか薩摩老公などは度々用人を遣わしたが、馬琴は口実をもうけて伺候《しこう》しなかった。松平冠山侯は宗伯の病気見舞を理由に、滝沢家を訪問し、旧主君も売薬を求めると称して、立寄ったのであるが、馬琴はそういう人々とあうのを本意としなかった。晩年、家計が不如意になっても、権家に媚《こ》びて利達を求めるようなさもしい心はもたなかった。質素倹約はしたが、彼はあくまでその本分を守っていたのである。

婦人を敬遠する

馬琴の著作は婦人の間にも人気があって、その崇拝者は少なくなかった。大名の後室や、側室や、その他名家の婦人などで、書を寄せるものが多く、御殿女中などは、薬を買うと称して、わざわざ訪ねて来たりした。門人にしてもらいたいという者もあった。ところが馬琴は極端に婦人を警戒した。ただ只野真葛《まくず》には不思議に心がひかれたが、それもわずかの間手紙の往復があっただけであった。結局『独考論』を書いて、頭から真葛の考を否定し、絶交状を添えて送った。女は愚痴なものであり、養いがたきものであるというのが、彼の信念であった。これは中国思想の影響と思われるが、また彼の周囲をとりまく妻のお百や土岐村老尼との実際の体験から、こういう偏狭な女性観をいだくようになったものであろう。

戯作者であることを恥じる

馬琴は虚栄心が高く、世間態を飾る人間であるかのように、一般からいわれていたが、必ずしも当っていない。かえって虚名を恥じ、名聞を嫌っていたのである。彼は、戯作は結局渡世の方便に過ぎないと考えていた。その方便によって、誤って虚名を高くしたことを恥じ、且つ恐れていたのである。彼はむしろそのことを後悔して、できることなら人々の慰みにすぎない著述から遠ざかって、「実学」に身をゆだねようと願っていたのである。

飯田町の住居を聟の清右衛門に譲って、明神下に移ったのは、静かに老後を養いたいからであった。ところが忰の宗伯は病身で、物の用に立つべくもない。そこで「実学」に志しながら、戯作の筆をすてることができず、隠遁を願いながら、営々として生涯を終ることになったのである。

当時の戯作者の中で、馬琴ほど孤独を愛した人はない。

今日来客なし、尤閑寂よろこぶべし。(天保二年八月二十九日)

と日記に書いているが、それは馬琴の本音であった。無用の雑談のために時の浪費するを惧《おそ》れ、人との交渉で気持の乱されるのを嫌った。洒落や機智をふりまわして、世の中を巧みにおよぐというような器用なことのできる人間ではなかった。

書斎に閉じこもって、静かに自分を守り、人から侵されまいとした。こういう非社交的な性格が、尨大な著述を書き上げさせたのである。

滝沢家の系図

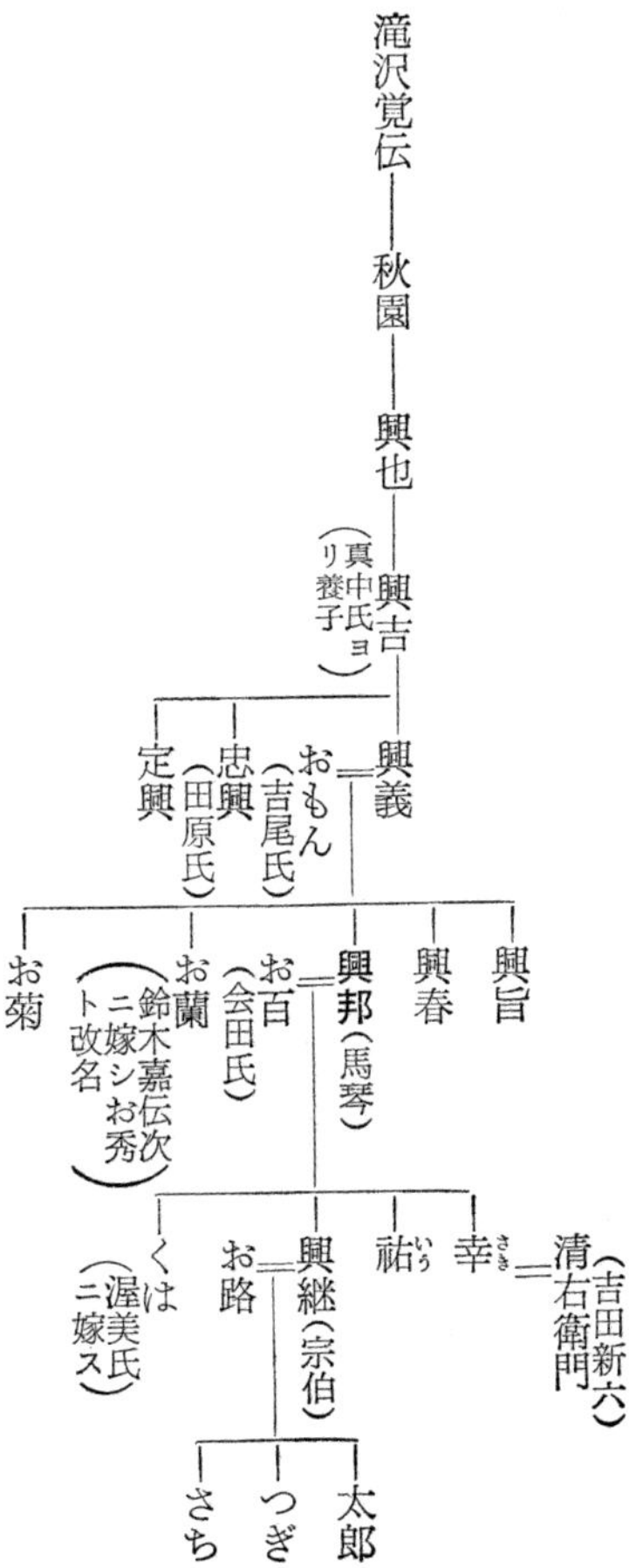

馬琴は滝沢家の祖先を明らかにしようとしたが、彼の綿密な調査を以てしても不可能であった。というのは滝沢家の系統は、馬琴の曾祖父に当る興也で絶え、祖父の興吉は真中氏より養子に入ったもので、しかも興吉は十六七歳の頃に、養父と死別したので、滝沢家の昔語りを多く聞きもらしたためでもあった。伝来の阿弥陀経の奥書によって源姓であることをたしかめたくらいのものであった。経歴が比較的明瞭なのは興也以後のことである。興也はもと松平伊豆守信綱の小姓《こしょう》で、その信任を得、信綱の四男頼母介《たのものすけ》が分家した際、その家老を命ぜられた。家老といっても甚だ小禄であった。そして頼母介堅綱《かたつな》・信儀《のぶのり》・信連《のぶつら》・舎人《とねり》の四代に歴仕した。

真中氏の先祖は源三位頼政の勇臣猪《い》隼太《はやだ》資直に出ている。その子孫は下総の古河（茨城県古河市）の真中村に住し、真中を氏とし、数世の後、今の埼玉県の川口市に移住して、郷士になったと伝えられている。真中氏は中興の祖堅光以来、数代の間代官を勤め、全直《たけなお》の代に至り、その次男が滝沢家の養嗣子となり、興吉と名のった。これが馬琴の祖父である。

略年譜

年次	西暦	年齢	事項
明和四	一七六七	一	六月九日、江戸深川に生まる。幼名倉蔵
五	一七六八	二	
六	一七六九	三	
七	一七七〇	四	
八	一七七一	五	
安永元	一七七二	六	
二	一七七三	七	「鶯の初音に眠る座頭かな」の句を作る
三	一七七四	八	
四	一七七五	九	父興義歿。享年五一
五	一七七六	一〇	長兄興旨主家松平家を去り、馬琴家督をつぎ、松平信成の孫八十五郎の相手に選ばる
六	一七七七	一一	
七	一七七八	一二	
八	一七七九	一三	

安永	九	一七八〇	一四	一〇月一四日「木がらしに思ひたちたり神の供」の句を残して、生家を去る
天明	元	一七八一	一五	冬、戸田忠諏に仕えて徒士となる○俳文「吊鶯の辞」を作る
	二	一七八二	一六	
	三	一七八三	一七	
	四	一七八四	一八	三月、戸田家を辞し、市中放浪
	五	一七八五	一九	六月二七日、母お門歿。享年四八○水谷信濃守に仕える
	六	一七八六	二〇	小笠原上総介政久に仕える
	七	一七八七	二一	桜田の有馬家に仕える○『俳諧古文庫』を作る
	八	一七八八	二二	冬、重病にかかる
寛政	元	一七八九	二三	この前後に亀田鵬斎の門に入り、また石川五老に従って狂歌を学ぶ
	二	一七九〇	二四	秋、山東京伝を訪う○この頃深川に住む
	三	一七九一	二五	春、『尽用而二分狂言』を芝の和泉屋市兵衛から出版。京伝門人大栄山人と署名○深川の住居は洪水に荒らされ、京伝方の食客となる○京伝は淫靡な洒落本を出したという咎で手錠五十日の刑をうく○京伝のために『実語教稚講釈』『龍宮羶鉢木』を代作する
	四	一七九二	二六	春、蔦屋重三郎の手代となる
	五	一七九三	二七	七月下旬、飯田町の会田家に入聟になる○黄表紙六部・笑話一部を出す○『御茶漬十

			二因縁』に、はじめて曲亭馬琴と署名
六	一七九四	二八	一〇月一日、長女、幸(さき)生まる
七	一七九五	二九	四月、会田氏の老姑歿○下駄屋をやめて、手習師匠に転向○この年はじめて『高尾船字文』という読本を出す
八	一七九六	三〇	二月二五日、次女、祐(いう)生まる○黄表紙六部刊行
九	一七九七	三一	一二月二七日、長男鎮五郎(宗伯)生まる○黄表紙一一部刊行
一〇	一七九八	三二	八月一二日、兄興旨歿、享年四〇○黄表紙八部刊行
一一	一七九九	三三	黄表紙七部、笑話一部刊行○京伝の『忠臣水滸伝』刊行好評
一二	一八〇〇	三四	八月、三女くは生る○伊豆方面に旅行○黄表紙一〇部刊行
享和元	一八〇一	三五	黄表紙一一部刊行
二	一八〇二	三六	五月九日より八月二四日まで京阪旅行○『羇旅漫録』を作る○黄表紙一〇部刊行
三	一八〇三	三七	はじめて半紙形大型の読本『月氷奇談』『小説比翼文』を作る○他に黄表紙四部、『簑笠雨談』刊行
文化元	一八〇四	三八	『著作堂雑記』起稿、継続して嘉永元年に至る○読本四部、黄表紙五部刊行
二	一八〇五	三九	大阪の人形座で昨年上刊の読本『稚枝鳩』上場○黄表紙七部、読本一部刊行
三	一八〇六	四〇	大阪の角座で昨年上刊の読本「四天王剿盗異録」を上場○『椿説弓張月』前編六巻刊行。この他読本七部、黄表紙二部、合巻一部刊行

文化四	一八〇七	四一	『旬殿実々記』『墨田川梅柳新書』刊行○この他に読本八部、合巻五部刊行
五	一八〇八	四二	大阪の劇場で『椿説弓張月』上場○『俊寛僧都島物語』『頼豪阿闍梨恠鼠伝』『三七全伝南柯夢』刊行○この他に読本六部、合巻五部刊行
六	一八〇九	四三	『椿説弓張月』拾遺五巻、『夢想兵衛胡蝶物語』前編五巻刊行、合巻五部刊行
七	一八一〇	四四	読本六部、合巻三部刊行○随筆『燕石雑誌』六巻著
八	一八一一	四五	『占夢南柯後記』『青砥藤綱模稜案』前編五巻刊行。合巻三部刊行
九	一八一二	四六	読本二部、合巻五部刊行
一〇	一八一三	四七	『皿皿郷談』『八丈綺談』刊行。合巻一部刊行
一一	一八一四	四八	『南総里見八犬伝』初輯五巻、『朝夷巡島記』初輯五巻刊行。合巻四部刊行
一二	一八一五	四九	合巻五部刊行
一三	一八一六	五〇	読本三部、合巻一部刊行○九月七日、山東京伝歿、享年五六
一四	一八一七	五一	合巻五部刊行○『玄同放言』前編三巻著
文政元	一八一八	五二	長男宗伯、神田同朋町に卜居医業を開く○読本一部刊行○『犬夷評判記』三巻著
二	一八一九	五三	合巻三部、読本一部刊行○『独考論』『いはでもの記』一巻著
三	一八二〇	五四	宗伯、松前侯（志摩守章広）の抱医師となる○合巻四部、読本二部刊行
四	一八二一	五五	合巻二部、読本一部刊行
五	一八二二	五六	合巻三部刊行○『吾仏の記』第一巻著○式亭三馬歿

六	一八二三	五七	長女幸（さき）に聟を迎える○妻百および宗伯大いに病む○この頃、馬琴の歯牙悉くぬけて総入歯を用いる○合巻三部、読本一部刊行
七	一八二四	五八	飯田町の家を聟の清右衛門にゆずり、自ら剃髪して笠翁という○神田同朋町の宗伯の宅に移る○合巻五部刊行○『耽奇漫録』三巻著
八	一八二五	五九	合巻四部刊行○『兎園小説』二〇巻著
九	一八二六	六〇	合巻五部刊行
一〇	一八二七	六一	長子宗伯、土岐村氏の女お路をめとる○夏、馬琴大病にかかる○合巻四部、読本二部刊行
一一	一八二八	六二	二月二二日、宗伯の長男太郎生まる○宗伯大病○『近世説美少年録』初輯五巻刊行。他に読本二部、合巻三部刊行
一二	一八二九	六三	合巻五部、読本一部刊行
天保元	一八三〇	六四	閏三月、宗伯の長女つぎ生まる○合巻六部、読本二部刊行
二	一八三一	六五	『俠客伝』初集五巻刊行○合巻五部刊行
三	一八三二	六六	読本一部、合巻四部刊行
四	一八三三	六七	八・九月より右眼見えなくなる○宗伯の二女さち生る○読本二部、合巻二部刊行
五	一八三四	六八	二月頃より右眼一向に見えず○夏大病にかかり、秋から宗伯も病む○読本二部、合巻三部刊行○『近世物之本江戸作者部類』二巻著

天保 六	一八三五	六九	五月八日、宗伯歿、享年三八○読本二部、合巻一部刊行○『後の為の記』一巻著
七	一八三六	七〇	夏、木挽町森田座で「八犬伝評判楼閣」の外題で『里見八犬伝』を上場○八月一四日両国万八楼で古稀の賀筵○一〇月四日、四谷信濃坂に移転○合巻一部、読本一部刊行
八	一八三七	七一	七月、女婿清右衛門歿、享年五一○読本一部刊行
九	一八三八	七二	合巻二部、読本二部刊行
一〇	一八三九	七三	合巻二部、読本一部刊行
一一	一八四〇	七四	左眼も衰えて、両眼の明を失う○合巻二部、読本一部刊行
一二	一八四一	七五	正月からお路の手を借りて『八犬伝』を続稿○二月七日、妻お百歿、享年七八○八月二〇日、『八犬伝』を完成する○他に合巻二部刊行○渡辺崋山歿
一三	一八四二	七六	合巻二部刊行○柳亭種彦、為永春水歿
一四	一八四三	七七	『兎園小説』を小津桂窓に売る○雑書三部著
弘化 元	一八四四	七八	合巻『新編金瓶梅』完結
二	一八四五	七九	『新局玉石童子訓』(『美少年録』の続編)刊行
三	一八四六	八〇	読本一部刊行○京山の「蜘蛛の糸巻」刊行
四	一八四七	八一	合巻一部、読本一部刊行
嘉永 元	一八四八	八二	読本一部刊行○一一月六日の暁寅の刻歿、小石川茗荷谷深光寺に葬る

参考文献

一、伝記に関するもの

岩本活東子『戯作者六家撰』安政三序　燕石十種第二(国書刊行会)所収

木村　黙老『戯作者考補遺』弘化二

塚越芳太郎『滝沢馬琴』(十二文豪の第十二巻)　民友社　明治三六

饗庭　篁村『雀　躍』(馬琴の俳諧、曲亭馬琴の日記など)　精華書院　明治四二

雙木園主人(堀捨二郎)『江戸時代戯曲小説通志』(曲亭馬琴)　誠之堂
明治二七(初版和装四冊)大正二(再版洋装一冊)

藤岡作太郎『近代小説史』(曲亭馬琴)　大倉書店　大正六

藤井　乙男『江戸文学研究』(馬琴と北斎、馬琴の書簡など)　内外出版　大正一〇

真山　青果『随筆滝沢馬琴』サイレン社　昭和一〇『真山青果随筆選集』の内　昭和二七

関根　正直「曲亭馬琴の老後」『太陽』四ノ一七・二〇・二一　明治三一

山崎　麓「京伝と馬琴との関係」『黒潮』三二ノ二　昭和二

三村　竹清「曲亭馬琴に関する事ども」『江戸文化』二ノ一〇　昭和　三
漆山又四郎「吾が眼に映じた馬琴」『江戸文化』二ノ一〇　昭和　三
和田　万吉「馬琴の生涯」新潮社『日本文学講座』江戸の中　昭和　六

二、著作に関するもの

三枝園批評「犬夷評判記」文政元　『徳川文芸類聚』一二に収む　大正　三
馬　　琴「近世物之本江戸作者部類」天保五　『温知叢書』五に収む　明治二四
山口　剛「読本集（『日本名著全集』第十三巻）解説」「近世小説下」（昭和一六）に収む
麻生　磯次『江戸文学と中国文学』（馬琴の読本への中国文学の影響その他）
三　省　堂　昭和二一
藤村　作「馬琴研究」新潮社『日本文学講座』第九巻江戸時代下　昭和　六
重友　毅「馬琴の読本」中興館『日本文学聯講』近世下　昭和　五
和田　万吉「南総里見八犬伝」『岩波講座日本文学』　昭和　七
笹野　堅「読本研究」改造社『日本文学講座』第四巻　昭和　九
古川　久「曲亭馬琴の研究」改造社『日本文学講座』第四巻　昭和　九

中村　幸彦「読　本」河出書房『日本文学講座』第四巻　昭和二六
水野　稔「読　本」至文堂『日本文学史』近世　昭和三一
依田　学海「南総里見八犬伝批評」『帝国文学』　明治三二
正岡　子規「水滸伝と八犬伝」「ほととぎす」　明治三三
山崎　麓「椿説弓張月概語」『解釈と鑑賞』弓張月特輯号　昭和一二
幸田　露伴「馬琴と狡猾手段」『新小説』一ノ四　明治二九
大町　桂月「馬琴の美少年録とその人物」『帝国文学』二ノ八　明治二九
饗庭　篁村「曲亭馬琴の朝夷巡島記」『早稲田文学』四〇ノ一七　明治四〇
饗庭　篁村「戯作者の原稿料と出版部数」『江戸趣味』五　大正　五
饗庭　篁村「西遊記を日本小説に翻案したる曲亭翁の苦心」『江戸趣味』八・九　大正　六
藤村　作「説話として見た馬琴の小説」『上方文学と江戸文学』(至文堂)　大正一一
森　潤三郎「曲亭馬琴翁と和漢小説の批評」『国語と国文学』　昭和　六
後藤　丹治「馬琴の読本と雨月物語」『立命館大学論叢』　昭和一七
浜田　啓介「馬琴に於ける書肆・作者・読者の問題」『国語・国文』　昭和二八
水野　稔「馬琴未完作の続篇をめぐつて」『文学研究』一二　昭和三三

著者略歴

明治二十九年生れ
大正九年東京大学文学部卒業
東京大学教養学部長、同文学部長、学習院大学長、同院長、日本学士院会員等を歴任、文化功労者、文学博士
昭和五十四年没

主要著書
俳趣味の発達　川柳雑俳の研究　笑の研究　江戸文学と中国文学　芭蕉―その作品と生涯―　芭蕉物語（全三巻）　対訳西鶴全集（全十六巻）〈共訳〉

人物叢書　新装版

滝沢馬琴

昭和三十四年十二月　五　日　第一版第一刷発行
昭和六十二年　十　月　一　日　新装版第一刷発行
平成　七　年　七　月　十　日　新装版第二刷発行

著　者　麻《あ》生《そう》磯《いそ》次《じ》
編集者　日本歴史学会
代表者　児玉幸多
発行者　吉川圭三
発行所　株式会社　吉川弘文館
東京都文京区本郷七丁目二番八号
郵便番号一一三
電話〇三―三八一三―九一五一〈代表〉
振替口座〇〇一〇〇―五―二四四
印刷＝平文社　製本＝ナショナル製本

『人物叢書』(新装版)刊行のことば

人物叢書は、個人が埋没された歴史書が盛行した時代に、「歴史を動かすものは人間である。個人の伝記が明らかにされないで、歴史の叙述は完全であり得ない」という信念のもとに、専門学者に執筆を依頼し、日本歴史学会が編集し、吉川弘文館が刊行した一大伝記集である。

幸いに読書界の支持を得て、百冊刊行の折には菊池寛賞を授けられる栄誉に浴した。

しかし発行以来すでに四半世紀を経過し、長期品切れ本が増加し、読書界の要望にそい得ない状態にもなったので、この際既刊本の体裁を一新して再編成し、定期的に配本できるような方策をとることにした。既刊本は一八四冊であるが、まだ未刊である重要人物の伝記についても鋭意刊行を進める方針であり、その体裁も新形式をとることとした。

こうして刊行当初の精神に思いを致し、人物叢書を蘇らせようとするのが、今回の企図である。大方のご支援を得ることができれば幸せである。

昭和六十年五月

日本歴史学会

代表者 坂本太郎

〈オンデマンド版〉
滝沢馬琴

人物叢書　新装版

2021年（令和3）10月1日　発行

著　者　麻《あ》生《そう》磯《いそ》次《じ》

編集者　日本歴史学会
代表者　藤田　覚

発行者　吉川道郎

発行所　株式会社　吉川弘文館
〒113-0033　東京都文京区本郷7丁目2番8号
TEL　03-3813-9151〈代表〉
URL　http://www.yoshikawa-k.co.jp/

印刷・製本　大日本印刷株式会社

麻生磯次（1896～1979）

ISBN978-4-642-75095-0